傭兵隊長

傭兵隊長

ジョルジュ・ペレック

塩塚秀一郎訳

水声社

フィクションの楽しみ

ジャック・ルドレールに

ぼくもまた多くの人びとのように、地獄くだりを経験した、
そしてその何人かの人びとと同じようにどうやらそこから抜け出した。
――ミシェル・レリス『成熟の年齢』〔松崎芳隆訳、現代思潮社、四六頁〕

そこでまず、以前に私が感覚によって知覚されたものとして
真であると思ったものは何であったか、どういう原因からそう思ったかを、
ここで私は想い起こしてみよう。次に、同じものを後になって
私が疑いに付したその原因をも熟考してみよう。
最後に、それらについていまや私は何を信じるべきかを考察しよう。
――デカルト『省察』〔山田弘明訳、ちくま学芸文庫、一一二～一一三頁〕

目次

主要登場人物

アナトール・マデラ……………………贋作絵画制作の出資者。
オットー・シュナーベル………………マデラの下男。
リュフュス・ケーニヒ…………………スイスの贋作画商。ガスパール・ヴィンクレールの雇い主。
ジェローム・カンタン…………………ガスパール・ヴィンクレールに贋作の手ほどきをした画家。
ジュヌヴィエーヴ………………………ガスパール・ヴィンクレールの愛人のひとり。
ミラ………………………………………ガスパール・ヴィンクレールの愛人のひとり。
ストレーテン……………………………ガスパール・ヴィンクレールの友人。ガスパールによる告白の聴き手。

マデラは重かった。私は彼の脇を抱え、後ずさりして工房に通じる階段を降りた。段差ごとに両脚が跳ね、そのぎくしゃくと弾む音が降りてゆく私に不規則に付き従い、窮屈な丸天井の下で素っ気なく響く。私たちの影が壁に踊っていた。血はどろどろと流れ続け、タオルに充満してさらに滴り、絹の襟の上をすうっと筋状に流れて、上着の皺の中に消えていた。ほんの少しつやめいた粘液質の筋は、布地のわずかな起伏にせき止められ、ときには床まで滴り星状に跳ね広がっていた。階段の下、工房の扉のすぐ近くにマデラを横たえ、オットーが戻る前に剃刀を回収し血痕を拭き取るために、また階段を上がった。ところがオットーはほぼ私と同時に、もう一方の扉から戻ってきたのだった。彼は状況が理解できないまま私を見つめた。私は後ろにさがって階段を駆け降り、工房の中に閉じこもった。扉に南京錠をかけ戸棚でふさぐ。オットーは数分後に降りてきて扉をこじ開けようとしたがうまくいかず、マデラを引きずって階段を登っていった。私は作業台でさらに扉を補強した。しばらくして彼は戻ってきた。私の名を呼び、扉に拳銃を二発発砲した。

それみろ、たやすいことだと思ってたんだろう。家には誰もいない、周りにも。オットーがこんなに早く戻ってこなかったら、どこら辺まで進んでただろう。分からないよな、現にお前はここにいるんだ。この工房に、いつものように、何一つあるいはほとんど変わらず。マデラは死んだ。だからどうした。お前はまだ地下のアトリエにいるのに、いつもよりやや散らかった、というか汚れたアトリエに。換気窓から射しこんでいるのはいつもの日の光だ。〈傭兵隊長〉は画架に磔にされている……

彼は周囲をぐるっと見まわしたのだった。いつもと同じ書斎だ――いつもの板ガラス、いつもの電話、クロム鋼の台にのったいつもの日めくり。いつも通りのあの厳格な冷ややかさ、簡素な様式がもつ端正な秩序、色彩同士の冷ややかな調和――じゅうたんの暗緑色、肘掛椅子の鹿毛色、壁紙の薄黄土色――、個性の消えた慎ましさ、金属製の大きな書類棚……だが突然、マデラの締まりのない身体によってグロテスクな印象が生まれた。不調和が、やや支離滅裂で時代錯誤なものが……彼は椅子からすべり落ち仰向けに横たわっていた。目は半ば閉じていて、半開きの口は驚いて間の抜けた顔のまま固まり、金歯のくすんだ輝きでいまだ彩られていた。切り裂かれた喉からは血が間欠的に噴き出し、床を流れて少しずつじゅうたんに浸透しており、黒っぽく拡がる染みはマデラの顔のまわりに、すでに怪しいほど白くなった顔のまわりに拡がりつつあった。生きた獣のような熱い染みがゆっくりと部屋を占有しようとしていた。あたかも壁はもう吸えるだけ吸ってしまったかのごとく、あの秩序、あの厳格さが突如として覆され、破壊され、荒らされたかのごとく、もはや存在しているのは拡がりゆくこの染みだけ、滑稽で汚らわしい塊だけ、際限なく膨れ拡がったあの死体だけであるかのように……

なぜだ。なぜ奴はあんなことを言ったのか、「それで何の問題もなかろう」などと。マデラの声の抑揚を彼はそっくり思い出そうとする、初めて声を聴いたときには驚いたあの響き、かすかに舌足らずな発音、ややためらいがちなつぶやき、ほとんど気づかれないほどの言葉のもたつき、あたかも言いよどんでいる――あるいは言いよどみそこねている――かのような、間違うことを絶えず恐れているかのような。私は考える。国籍はどこなんだ。スペインか。南アメリカだろうか。訛りはあったたか。そんな気がしただけか。難しい。いや。ずっと単純なこと。少しのどが鳴る声なのだ。あるいは少ししゃがれた声なのか。手を差し出して近づいてくる姿を思い浮かべる。「ガスパール――こうお呼びすればいいですね?――お目にかかれて本当にうれしいですよ」。だから何なんだ。なにもかもがうさんくさい。奴はここで何をしていたんだ? 私をどうするつもりだったのか。リュフュスは何も言っていなかったが……

人はいつも間違う。物事は自然とうまくゆき、いつも通りに推移するものだと思っているのだ。だが、先のことなど分からない。甘い考えを抱くのは実に簡単だ。何をお望みでしょうか？　絵を一枚？　上等なルネサンス絵画ですか？　なんとかなりますよ。そうですね、《傭兵隊長》なんかいかがですか……

たるんでどこかのっぺりした奴の顔。ネクタイを締めて。「あなたのことはリュフュスからよく聞いていますよ」。だからどうした。くだらない！　お前はもっと注意しておくべきだった、気づくべきだったのに……こんな御仁をお前はまったく知らなかった……それなのにお前は与えられたチャンスに飛びついたんだ。安直すぎるぞ。そしたらどうだ。このザマだよ……

こうなるまでに。彼は手早く計算してみる。あれやこれやにかかった費用を。工房の設営、画材、絵の複製（写真撮影、拡大撮影、X線撮影、蛍光撮影、斜光撮影）、投光器、ヨーロッパの美術館巡り、生活費……途方もない額なのに笑っちまう結末か……なにか愉快なところがあっただろうか、あのばかげた監禁生活に。奴は何事もなかったかのように机に向かっていた……昨夜のことだ……だが上でマデラの身体は血の海に沈んでいる……そしてオットーは足音を重く響かせ忠実に見張っている。あれだけのことをした挙げ句こんなことになるとは！　今ごろどこにいたんだろう、もし……バレアレス諸島の太陽に思いをはせてみる——一年半前ならたやすく実現できただろう——ジュヌヴィエーヴがそばにいて……浜辺、夕日……きれいな絵はがき……それなのに、ここですべてが終わってしまうのか。

彼は今自分の行為を端々まで思い出している。たばこに火をつけたばかりで、机に片手をついてやや体をかしげて立っていた。〈傭兵隊長〉を見つめている。それからすばやくたばこをもみ消した。左手はかすかに机に触れ、のしかかり、手の下の布きれをつかむ。筆用のふきんにしている古いハンカチ。何もかもおしまいだ。彼はますます机にもたれかかりながらも、〈傭兵隊長〉からは目を離さなかった。何日も何日もこんな無駄な努力をしていたのか。まるで疲労の背後で、怒りが確信とともに、少しずつ身中をわき上がってきたかのようだった。彼の手は布をくしゃくしゃにし、爪が木材をこすった。彼は身を起こし、作業台に近づき、散らかった道具類をまさぐった……

硬革の黒い袋。黒檀の柄。輝く刃。彼はそれを光にかざして刃先を確かめた。何を考えていたのか？　もはやあの怒り、あの疲れしか存在しないような気がした……彼は両手で頭を抱え肘掛け椅子に崩れ落ちた。目の前せいぜい数センチのところにある剃刀を、〈傭兵隊長〉の胴衣の、危ういほどに滑らかな表面が、くっきりと鋭く浮かび上がらせていた。ひと振りするだけで、ぎゃあ……ひと振りで十分だ……腕が振り上げられ、刃の一閃……たった一度の動作……ゆっくりした足取りで前に出る、じゅうたんが足音を消してくれる、マデラの背後に回り込む……

十五分ほど経ったのだろう。はるか昔のことみたいな気がするのはなぜだろう。ほとんど忘れてしまったのか。私はどこにいるのか。上に登り、また降りてきたのだ。マデラは死んでいた。オットーが見張りをしていた。で今は？　オットーはリュフュスに電話をかけようとしており、リュフュスはこちらに向かっている。それで？　リュフュスと連絡がつかないとすると？　リュフュスはどこにいるのか？　肝心なのはそこだ。このばかげた賭けで。もしリュフュスが来たなら、私は死ぬだろう。もしオットーがリュフュスに連絡できなかったら、私は生きているだろう。あとどれくらい生きていられるのか。オットーは武器を持っている。換気窓はあまりに高く狭い。オットーは眠りに落ちるだろうか。見張りをする人間には睡眠が必要だ……

　彼は死のうとしていた。そう思うと約束されたようで安心した。彼は生きていて、死のうとしている。そのあとは？　レオナルドが死に、アントネッロが死に、私自身もあまり調子がよくない。ばかげた死だ。混乱の犠牲。不運の、不手際の、失敗の犠牲。欠席裁判で裁かれて。満票に一票足らずで——誰の票？——、地下室のネズミみたいに死を宣告されたのだ。十あまりの平然たる視線に見つめられつつ——ルーヴルの工房から途方もない値段で購入した斜光撮影やX線撮影の装置——、殺人ゆえに死を宣告されたのだ。かの古き良き反座法《タリオン》、かの古き良き伝説的教訓——アキレス刑《タリオン》〔アキレス腱（タロン）と刑（タリオン）の言葉遊び〕——、死は霊的な生の始まりだ——ささいな出来事がとりとめもなく重なって、偶然の巡り合わせによって死を宣告されたのだ……地表を取り巻いて電線と海底ケーブルが走っている……もしもしパリですか、こちらはドルー〔パリ西方の郡庁所在地〕です、そのままお待ち下さい、ダンピエール〔パリ南西郊の町〕におつなぎします。もしもしダンピエールですか。パリからお電話です。お話し下さい！　ヘッドホンをしたこれら温和な交換手たちが容赦ない死刑執行人だなどと誰に想像できようか……もしもし、ケーニヒさんですか、こちらはオットーです、たった今マデラが死にました……

闇夜をポルシェが疾走し、ヘッドライトは火を吐く龍になるだろう。事故は一切起きないだろう。真夜中にオットーが扉を開けに来るだろう。真夜中に彼らが迎えに来るだろう……

それがどうした。なんだというのか。彼らがお前を迎えに来る。それで？　肘掛椅子に倒れ込んで、死ぬまで目に焼き付けるんだ、短剣を帯びた偉大なるおどけ者、えも言われぬ〈傭兵隊長〉を。責任があるのかないのか？　有罪か否か？　ギロチンの下に引き出されると、俺は無罪なんだ、とお前は叫ぶだろう。それをこれから確かめるのさ、と死刑執行人は答えるだろう。すると刃が大きな音をたてるだろう。ガシャン。何より明白な正義のあらわれ。明白ではないか。公正ではないか。どうして他の結末がありえようか。

彼がやや放心の態で客間の中央に突っ立っていると、彼女が玄関ホールに入ってくるのが見えたが、たぶん彼の存在に気づいたからだろう、部屋の入り口でためらい、リュフュスの方にきっぱり進路を変えた。その後ろに付いてくるジュリエットはあまりのことにどこか呆然とした様子である——何があったの？　彼は動かなかった。暖炉の火からもホームバーのランプからも離れていていくぶん影に入っているのをいいことに、身動きひとつしなかった。落ち着き払っている。ただひとつやるべきでないこと。最後の最後にやるべきこと。動かないこと。自尊心ゆえに自然にとった反応。自尊心はどうかかわったのか。うまくやったもので、ほんの一瞬前にはまだ誤解で済んだかもしれないことが、克服しがたい障害になってしまった。どうして突然かたまったのか。このうえない欺瞞によって、少なくとも一時間前から彼女を待っていたにもかかわらず、彼女が来ないことをジュリエットとリュフュスに確かめるふうを装いつつ、驚いたふりをして、よくしつけられた犬のように突然動きを止めた。床にねじ止めされ、釘づけされたとでもいうのか。こんな奇妙な態度で、客間の中央に立ち、グラスを片手に、堅苦しく威厳をもって、誇りを身にまとい、相手をあざむくために、酔いの力で尊大に無頓着になろうとするがうまくいかず、心臓の鼓動になにより耳をすましたまま、どこであれ視線を向ける勇気はなく、グラスを空ける勇気もなかった。口を開き、叫び、わめくこともできただろう。彼女に近づくこともできただろう。なんだってできただろう。だが何もしなかった、身動きひとつも。眉をひそめることさえ、瞬きすることさえ、息を吸うことさえなかった……

腕が振り上げられ、刃の一閃。彼はどさっと倒れ、大量に血を流した。でっぷりと脂ぎっていて、顔色もいい。やがて、階段に横たわり、シャツは汚れ、首に巻いたタオルが血で真っ赤に染まっている様は、風船の案山子《かかし》がしぼんでいくようだった……

お前は何も知らないのだ。自分が一番の天才だと思ってきた。自信満々だった。酔うがいい、世界はお前のものだ。お前は能なしだ、せいぜい丸が描けるだけの、腑抜けに過ぎない。この結果は当然の報いなのだ、良い薬にしてずる賢く利口に振る舞うことだ。この事件にはいったいどんな意味があるのか。ろくでもないアントネッロ氏ときたらそこそこのジェッソ・ドゥーロ〔石膏を原料とする地塗り塗料〕を造るのが関の山だ。世界でもっとも偉大な贋作者のつもりだったんだろ？　本物みたいな年代物、ルネサンス期のすんごい肖像画を作ったら笑えるかもって思ってた。いいじゃないか、やろうぜ、ぶらぶらしてるよりましだぞ。もちろん。とはいえ、あの〈傭兵隊長〉はそんな調子じゃ真似できないな。奴は年を重ねていて、分別があり、抜け目ない。ところがお前ときたら、聖歌隊の子供みたいにお人好しで、軽率で、無経験だ。お前なんぞひよっこ同然だ。

どこかすっきりしない。何がすっきりしないのか。何か彼には理解できないことがあった。なんらかのつながり、結びつきが。歯車が。アルテンベルク〔ウィンタースポーツが盛んなドイツ・ザクセン地方の町〕、ジュネーヴ、スプリト〔クロアチア南西部の港湾都市・行楽地〕、サラエヴォ、ベルグラード。それからパリ。それからリュフュス。それからマデラ？　その間は？　カクテルパーティーの晩、あるいはその前日、あるいはその翌日。最初は何もなかった。言うべきことは何も。単調な毎日。それから出来事、歴史、運命、運命の戯画。そしてこの明白な事実に、この血まみれの肉塊に、マデラの身体に、椅子の脚のあいだに染み込む血にけりをつけるためには……

もちろん逃げるのだ、でもなぜ？　お前の前には何がある？　わずかばかりの漆喰、煉瓦、石材、硬い土。何メートルある？　換気窓のあたりに、人の幅ほどの穴がひとつ。何時間かかるだろう？　またしても同じイメージが、平手打ちのように出し抜けに容赦なく、お前の頭をよぎる。リュフュスが突然工房に入ってきてまさにこの場所にお前を見出すのだ、ベッドでおびえ、吸い殻に囲まれ煙草の煙に半ば覆い隠されたお前を……オットーは電話をかけたはずだ。リュフュスは外出していたのか。午後四時にホテルですることなどあっただろうか。オットーは今晩またかけるだろう……お前にはまだチャンスが残っている。数時間の余裕が……ふさわしい道具を探す時間が……

どこにいようと、いつの日か、雑音混じりの電話を通じて、遠くから声が聞こえるだろう、足音が聞こえるだろう、手が扉をたたくだろう、軽く三回、手がお前の肩に置かれるだろう、どこででも、いつでも、地下鉄でも、浜辺でも、街路でも、駅でも。一日、一月、一年が経って、何百あるいは何千キロを踏破しても、突然誰かがお前を呼び止めるだろう、お前を迎えに来るだろう、視線が交わるだろう、一瞬ののち、すぐさま視線は消え去るだろう。列車は夜の闇を走っている。車室は閑散としている。ぼんやりしたイメージ。お前は寝台に横たわっていて、何もできないだろう。お前を最初に発見するのは誰だろうか。リュフュスだろうか警察だろうか。どちらかが先に来るのだろうか。いかにも劇的な場面だ、懲罰の指を向けて――こいつはふてぇ野郎だぞ、引き締めてかかれ――そして新聞の大見出し。話題の裁判。三面記事。八段抜きで。裏通りで首なし死体発見さる。お前は私の首を人々に見せつけるだろう。毎秒毎秒。レールの継ぎ目ごとに車両が揺れる。二十メートルごとに？　十二メートルごとに？　お前は逃げる。時速百二十キロで逃げる。時速百二十キロで走る空っぽの列車にお前は乗っている。お前は進行方向を向いて窓側の席に座っている。冷たい車窓の向こう側でときおりぼんやりした灯りがきらめく。お前はどこへ行くのか。ジェノヴァへ、ローマへ、ミュンヘンへ。どこへでも。何から逃げているのか。世界中がお前の逃亡を知っており、お前はずっと同じ場所にいて、地平線上の月はお前と同じ速さで追ってくる。どこでもいいのだ、この世の外でありさえすれば。お前がそこにたどり着くことはないだろう。

彼は寒さを感じていた。床に捨てられた煙草が燃え尽きようとしていた。一筋の煙がまっすぐに立ちのぼり、ほぼ彼の目の高さで、いくつかのいびつな円環に分かれ、数秒間蛇行し、ついで四散した。どこからかの、おそらくは換気窓からの見えない風に吹かれたかのように。

真実。ただ真実のみ。私はマデラを殺した。私はアナトールを殺した。私はアナトール・マデラを殺した。私がアナトール・マデラを殺したのだ。私が殺害したのだ。殺害した、アナトール・マデラを。皆がマデラを殺害した。マデラは人間である。人間は死を免れない。マデラは死を免れない。マデラは死んだ。マデラは死すべき運命にあった。マデラは死につつあった。私はほんの少し時の流れを速めたに過ぎない。彼には助かる見込みがなかった。病気だったのだ。医者によれば余命は数年だった。それを命と呼べるのならば。彼は猛烈に苦しんでいてそれは見物だったとも。あの日の午後はあまり気分がよくなかったようだ。胸が苦しそうだった。たとえ私が何もしなかったとしても、おそらく彼は死んでいただろう。ひとりであっさり世を去っただろう。彼は自殺したのかもしれない……

「それで何の問題もなかろう」だと。だいたい何が分かっていたというのか、どうしてそんなことを言ったのか。あの居間の雰囲気のせいか、照明の効果かもしれないし、バーのせい、暖炉の炎のせいかも。彼らは二人とも片手にグラスを持っていた。そして全世界が、彼の世界が、突然彼の周囲に出現するのだった。過去のすぐ近くにいて、長い孤独を経た後、もっとも親しい領域、居間の大きさに縮んだ領域に突如として没入するのだ。彼らはみなそこにいて、あの不安定な照明器具に、暖炉の火のちらちら揺れる赤い輝きに、バーのあまりにも乱射する、あまりにも作り物めいた居心地を醸し出す光に照らされていた。ジェローム。リュフュスとジュリエット。ミラ。アンナとニコラ。それからジュヌヴィエーヴ。それからマデラ、まったくもって虫の好かない様子で、歯を光らせて笑っている。冬物の背広。ダンサーが履くような黒と白の靴。おそらくその時にこそ彼は用心すべきだったのだ、落ち着いて、整然と考えるべきだったのだ、それが意味していることを、いまや不可能なことを、まるごと理解しようとすべきだったのだ。自分が過ごしたこの十二年の歴史が、微笑みをたたえた八つの顔に、そっくり手つかずのまま現存するかのごとく見出されることに気づいた。偶然なのか、示し合わせたのか。これらの微笑みの先に、この十二年の先に、もっと遠くに探し求めるべきなのか。亀裂を、論理的脈絡を探し求めること。関係、つまり、このことが起きたのであのことがあった、というような。新たにまとまりをもった世界、初めてまとまりをもった世界、心安らぐ、大いに安らぐ世界、あのとらえ難さ、曖昧さよりもずっと心安らぐ世界。あれはいつのことだったのか。いつだろうか。サラエヴォでの夜だろうか。ひどい暑さの中、あまりに歓迎されたせいでおかしなことに孤独を感じていた。〈傭兵隊長〉のそばで過ごした午後だろうか。徴候はあるようで、すでに彼は複雑な図式が始動している様子を想像していた。装置が動き出し、針が向きを変え、コードが切れ、バルブが開いている……これで十分なのだろうか。これで十分だったのか。大昔からある話だ。腕が振り上げられ、刃の一閃。喉を切られてマデラが倒れるのに、これで十分だったのか。

今私はベッドに横たわり、おそらく一時間前から身動きしていない。期待するものは何もない。それでも生きたいのだ。誰でも生きたいと願っている。それでも私にはまだ時間の余裕があるのだろう、起き上がって、仕事にかかり、穴を掘り、逃げ出す時間が。これほどたやすいことはない。これほど難しいこともない。何が難しいというのか……今、オットーは扉の反対側で行ったり来たりしている。おそらく電話でリュフュスと連絡がついたのだろう。おそらく彼に話したのだろう……

お前は卑怯なのだろうか。お前は死ぬことになるだろう。死ぬことに死ぬことに。じわじわとくたばるだろう。恐怖のあまりに。お前は朽ちてゆくだろう。惨めな状態になって追い払われるだろう、掃除機と一緒に厄介払いされ、ごみ箱に投げ込まれるだろう。お前はそれを喜び、愉快に思う。お前は鏡に自分を映してしかめ面がしたいのだ。お前はただ待っていたいのだ、うまく行くのを、身動きしないまま、なんであれ行動しないまま、これらすべてが悪夢に過ぎず、一日前、一月前、一年前の自分に戻っていることを。お前は待つ。相手はお前の扉の前で行ったり来たりしている。何ごとも命ぜられるがままとは結構なことだ。いい性格だよ。いいワンちゃんだ。奴を買収してみたらどうか。お前は扉に近づき、声を張り上げる。オットー・シュナーベルさん、何もしないで一万ドル稼ぎたくはないですか。親愛なるオットーくん、一万ドルあげるよ。一万と三百かな？　一万ドルの一万倍でどうだ。一兆ドルでは？　大箱いっぱいのチューイング・ガムだよ。火星人の仮装セットも。軽機関銃にダムダム弾をつけるよ。象の剝製は。ねえ、オットー、お願いだよ。いいところを見せて。オットー、自動車《オート》が欲しいだろ。自動で動く立派な車だぞ。水上飛行機か。水上飛行機が欲しいんだろ。プロペラなしの水上飛行機。ジェット水上機が……

お前。お前、世界最高の贋作者。お前、大いなるパレットの道化師。お前はそれを変だと思っている。待つのは滑稽だと思っている。もう十分、うんざりだと。お前はもう限界なのだ。では明日は？　あさっては？　しあさっては？　マイクロ写真で世界が作れるわけではない。斜光撮影で世界を征服できるわけではない。修復画の上で世界を示せるわけではない。お前は勝負をかけ、そして負けたのだ。それがどうした？

不幸な意識。次点一位、ヴィンクレール・ガスパール、白鳥の死の見事な解釈に対して。トーガとペプラムを纏い、額には月桂冠を戴いて、ぶつぶつ文句を言いながらお前は四段の表彰台を登る……

彼は壁の死点を見つめている。明日、明日きっと。明日の夜明け、でなければ死だ。あるいは生。あるいはその両方、あるいはそのどちらでもなく、中間状態、現状維持。だから煉獄で苦しむ私を慰めに来てください、中立地帯の向こう側から……

探し求める。探し求めるのだ、もちろん。探し求めるのだ、光を、日差しを、向こう側を。反対側を……反復される動作がつねにもたらす破滅的な結末、色合いの巧みな調合、度外れな野心の先に同じ罠が再び張られたのか？　傑作の域に達すること。灰の中から復活して現れた、ティントレットとティツィアーノの野心。途方もない野心だろうか。途方もない間違いだ。〈アントネルス・メッサネウス我ヲ描キツ〉。眼力も、確かな腕も、自信もないのに。小粒の〈傭兵隊長〉だ。がたがた震える弱小王、生っちろくつるんとした、影の薄い下司野郎。お門違いの〈傭兵隊長〉、役を覚える暇もない三流役者。では彼は？　彼は、これらすべてにおいて、偉大にして唯一無二、贋作者の王者であり王者の贋作者、鋭敏な嗅覚と鋭い視力を、棘のある声と魔法の手を備えた男なのだ。彼はというと、もっとも純粋な源泉にあたっていると信じ、最先端を行く自分の画架からイタリア美術の精髄を、ルネサンスの紛う方なき絶頂を引き出していると思い込んでいる！　彼が世界に君臨していると？　マスター・ガスパール・ヴィンクレール！　なぜ笑わないんだ？　エル・セニョール・ガスパール・ヴァンクレロプーロス〔画家エル・グレコの本名ドメニコス・テオトコプーロスのもじり〕、通称エル・グレコ。全世界が右手の中に。移動絵画館だ！

　いいか、お前、お前は人を殺したのだ。殺人を犯したのだ。そんなのはたやすい事だとお前は思っている。いいや、違う。殺人を犯すことに意味があると思っているんだろう。いいや、違う。〈傭兵隊長〉を描くのはたやすいと思っているんだろう。いいや、違う。たやすいことなどないのだ。直接的なものなど何もない。すべてが偽りだ。お前は間違うよりほかなかった。こんな結末を迎えるよりほかなかったのだ。自分自身が仕掛けた罠のせいで、自分の愚かさの、自分の嘘のせいで……

　時間の中に、空間の中に、私の未来は突然組み込まれた。これから乗り越えねばならぬ数メートルの距離だ。これから過ごさねばならぬ数時間だ。すべてがここに凝縮されている。すべてがここに至り、すべてがここで止まる。境界であり、敷居なのだ。ここを越えなければならない、そうすればすべてが再び可能になる。私がこの部屋の壁を越えた瞬間から、すべてが再び意味を持ち始めるだろう、私の過去、現在、未来が。だが、その前にまず、おびただしい量のつまらない動作をひとつずつ片づけなければならない。腕を振り上げては下ろす。地面が震えるまで。壁が砕け、夜が輝き、星が現れるまで。簡単なことだ。このうえなく簡単なこと。腕を振り上げる、振り上げられた腕はまるで……

たった一度のふんばりにお前の持てる力を集中し生きようと努めること、この最初の動作を行うこと、この男とは別物になること。ベッドに横たわり自分の墓で死んでいるふりをするこの男、まるで他人を見るようにお前が見つめているこの男とは別物に。どうしてそれほど簡単なのか。どうしてそれほど困難なのか。お前は身動きしない。良心があったとて何になる？　お前は人を殺したのだ。重大なことだ。とても。やってはいけないことだ。マデラがお前に何かしたわけでもない。お前はどうしてマデラを殺したのか。動機なし。奴は太って溌剌としていた。ぜいぜいと息をして、醜く鈍重だった。工房の中を歩きまわり、ぶつかりそうなほどお前の背後に近寄りながら、口もきかず目を向けもしなかった。奴は後ろ手を組み、口を半開きにして、苦しげに息を切らしながら、画架の周囲をまわった。奴は出ていこうとして扉をばたんと閉めたが、その足音は丸天井下の階段になおも響いていた、長い間、その後はお前の耳の中で。そしてお前はまた描き始めたが、両手が少し震え、訳も分からず興奮していた、奴がいたというだけで動転しているかのように。あの脂肪の塊は息を切らしつつ数秒うろついて姿を消し、また戻ってきた。警戒しつつ敵意をむき出しにして、お前はいたずらの現場を見つかった悪ガキのように狼狽させられた。肘掛椅子に深く腰かけ、手にした絵筆をぶらぶらさせ、ぼんやりと、目の前のいつまでも完成しない顔を、こちらもまた不吉で不敵な顔を、この企てそのものの明白きわまりない象徴のような顔を見つめていた。マデラが死んだのはそのためだったのか。お前が奴を殺したのもそのためだったのか。

閉じ込められているのだ、もちろん。かつてベルグラードの工房でそうだったように。彼は何のつもりで戻ってきたのだろうか。何がしたかったのか。彼はジュヌヴィエーヴの手紙を読んだのだ。「あなたのことを完全に理解していると思うことがあるわ。完全に隅から隅まで。残念だと言わざるを得ないし、私の間違いならとも思う。もし私が間違っているのなら、早く戻っていらして、できるだけ早く。ためらっているのなら、私が正しいからに決まってるわ。それならそう認めなさいよ、私たちを結びつけているものはすべてもう何の意味もないと」。そして、この文言は目にしみたものの、まだパリに戻ることはできないことを必死で、四度、五度、八度と、ジュヌヴィエーヴに説明しようとするのだった。書いては消し、紙を丸め、投げ捨て、また書き始める……「あと三日待ってくれないか、というのも、専門委員会のひとりがほとんど知られていない手書きの論文をサラエヴォ国立図書館で発見したところなんだ。スプリトの低地に残るローマ遺跡に関する論文だ。その辺りはディオクレティアヌスの宮殿の東壁のすぐ近くに相当するんだが、その論文が示そうとしているのは、一九〇八年にその地域で発掘調査が行われたのに、なんの遺跡も見つかっていないということで、これは極めて重大なことなんだ……」

極めて重大だ。彼の視線は無残にも絵から絵へとさまよっていた。親愛なるジュヌヴィエーヴ。

僕はまだ戻れないんだ、なぜなら。もう一日か二日待ってくれ。もう少し待ってくれ、なぜなら。彼は思い出していた、まさにそのときだ、消された文字、あの細々とした文、集めたところで結局何も意味しないため纏めきれなかったあのまったく無意味な文が、海シラミのごとく毒々しくうごめいて目に飛び込んできたのだった。まさにそのときだ、あまりに閑散とした工房から、再び、監獄のはかないイメージが冷酷かつ皮肉に現れ出たのだった。まさにそのときだ、丸められた紙が床に積み重なるのと同時に、あまりにも明白ないんちきについての苦々しい意識がわき上がってきた——なぜなら破局をもたらす文書が発見されたというのはばかげた作り話なのだから——、まさにそのときだ、大きく開かれた窓の向こうを眺めて、四百メートル先を、ベジスタン〔屋根付きの市場〕の向こう側を、真っ暗な夜に目印として暖かく親しげに輝く「ボルバ」紙〔ベルグラードで発行されるセルビア語の日刊紙〕の大きな赤い星の向こう側を眺めて、その時間でも唯一開いている印刷所のバーで酔っ払うことを想像して慰めを得ようとしていた。そんなことがありうるだろうか。こうした思い出の意味がはっきりしてきたのは今なのか、それとも、その意味はすぐさま十分に自覚されたのだろうか。たっぷり十二時間はこの手紙のことを考えなくてすむから、彼はわざとあからさまな酔いに逃げ場を求めに行こうとしたのだろうか。彼は受話器を取り住所録を調べた。午前四時に起きて、必死のスリヴォヴィッツ〔バルカン半島でスモモから造られる蒸留酒〕探しにつきあい案内してくれる奴はいないか考えたところ、うってつけの友人が見つかった。イタリア人ジャーナリストのあいつなら、きっとホテルにいるだろう。彼はそのホテルに電話をかけた……

両手はおそらく記憶以上にこれらの行為を覚えていた。そのひとつひとつが、そ知らぬふりで、人知れず変わることなく、隠れ家の堂々たる建物を分解し、掘り崩し、解体しはじめていた。二—三—〇—一—九—モスクワ、もごもごと声が聞こえる。モリム〔セルビア語で「もしもし」〕。バルトロメオ・スポルヴェリーニさんをお願いします。プリーズ・クッデュー・コール・アップ・ミスター・スポルヴェリーニ。ビッテ・イッヒ・ヴィル・シュプレッヒェン・ツー・ヘア・スポルヴェリーニ。かしこまりました。ガチャッ、カチ。ずっと遠くでベルが鳴りはじめ、足音が聞こえ、そっけなく命令が下された。かしこまりました。遠くでとげのある声、悪気はなくとも威圧感がある。待ち時間。一秒また一秒。何キロメートルものケーブルが地表を巡っている……親愛なるジュヌヴィエーヴ。親愛なるジュヌヴィエーヴ、私かい？　荷造りも飛行機に乗るのもやめて飲みにいくよ。以上。明日はぐでんぐでんだろう。九月の晴れた日に、ぐちゃぐちゃのベッドに服のまま寝そべり、オルリー空港ではなくストレーテンの絵に囲まれて。親愛なるジュヌヴィエーヴ。パリ——フランス。待ち時間。両手で受話器を持っている。片手で受信部分を握り、もう片手は送話部分にそっと触れて、もろもろのことを隠そうとしているかのように。このあとのやり取りの卑しさを、言葉に隠された弱さを、どう見ても当惑しきった態度を、ためらうばかりで宝物の偽造以外はできないという、あからさまな無能を……良心があったとて何になる？

彼には世界がよく分かっていなかった。その指から生じうるのは幻だけであった。おそらくそれが彼の限界だったのだ。古来の技法は何の役にも立たず、技法のための技法でしかなかった。魔法の指。ローマの彫金師の腕前、ルネサンス画家の技量、印象派の筆づかい、そして、どんな材料を使いどんな準備をしてどのような柔軟性をもたせるかを把握するという、辛抱強く身につけた能力、それらの関係づけはまったく技術的な問題だった。彼の指が心得ていた。彼のまなざしは作品を把握し、その本質的な躍動を突き止め、ごくささいな要素まで分析し、それを自分が身につけた言語に、つまり多少とものびやかな固着剤、展色剤、基材の選択に翻訳した。彼は円滑な機械のように働いていた。だます術を心得ていた。ダ・ヴィンチを、ヴァザーリを、ジロテイ〔二十世紀の美術史家。『ヤン・ファン・アイクの発見と中世から今日までの油絵の展開』で知られる〕を、『画技の書』を読み終えていた。黄金比の法則を知っていた。均整とは、絵の内的整合性とはどういうことか——どうすれば得られるのか——を知っていた。どんな筆、どんな絵の具、どんな色を使うべきかを知っていた。あらゆる下塗り塗料、画布、補助液、ニスを知っていた。それから？　彼は腕のいい職人だった。三枚のフェルメールから、ファン・メーヘレン〔フェルメールの偽作で知られる二十世紀オランダの贋作者〕は四枚目を作り上げたのだ。ドッセナ〔二十世紀前半イタリアの贋作彫刻家〕も彫刻で同じことをした。イチーリオ・ヨーニ〔二十世紀前半イタリアの贋作画家〕とジェローム〔ヴィンクレールの師匠〕も。だが、彼が求めてきたのはそんなことではなかった。アントワープのアントネッロから、ロンドンの、ヴェネチアの、ミュンヘンの、ウィーンの、パリの、パドヴァの、フランクフルトの、ベルガモの、ジェノヴァの、ミラノの、ナポリの、ドレスデンの、フィレンツェの、ベルリンのアントネッロから、驚嘆すべき確実さでもって、新たな《傭兵隊長》が誕生しえたかもしれない。ある日修道院か廃城で、リュフュス、ニコラ、マデラやその他の下っ端による奇跡的な発見によって、忘却の淵から救われるのだ。だが彼が求めていたのはそんなことではなかった、そうだろう？

　どんな幻想に惑わされてきたのだろうか。揺るぎないキャリアを築きあげ、いつの日か、彼以前の贋作者が決してやろうとしなかったことに成功するという幻想だ。つまり、過去の傑作を真に創造するのである。十二年におよぶ猛烈な作業の後に、技法の秘密を超越して、制作のこつを超越して、ジェッソ・ドゥーロや単彩画に関するまったくありきたりの知識を超越して、あの突然の成功を、あの絶えざる奪回を、広がりつつある支配を、すなわちルネサンスを、直接的かつ感覚的に再発見するのである。どうして彼はそんなことを求めていたのか。どうして彼は挫折してしまったのか。

ばかげた企てだという感情が残っていた。挫折の苦さが残っていた。死体が残っていた。突然、生が崩れ落ち、幻の思い出ばかり。やっつけの生が、どうしようもない無理解が、空虚が、絶望的な呼び出し音が残っていた……今やお前はひとりぼっちで、地下室でくすぶっている。お前は寒いと思う。もはや理解できない。もはや何が起きたのか分からない。これらすべてがどのように起きたのか理解できない。ここで、この同じ場所で生きているのはお前なのだ、意味も成果もなかった生活を十二年も送ったお前。月ごとに年ごとに傑作をもりもり放《ひ》り出していたのだ。それで？　それでなにも……それでマデラは死んだのだ……

腕が振り上げられ、刃の一閃。わけないことだった。だが、その前にやるべきことがあった、剃刀を鞘から出し、その状態を確かめ、すぐ使えるように掌に折り畳み、工房から出て、階段を一段ずつ登る。一段ずつ。ゆっくりと。一歩進むごとに、目標はより明確になっていった。彼は何を考えていたのか。なぜ考えていたのか。彼は隅々までよく分かっていた。アナトールの首を、亡きアナトール・マデラの首を切りに行くため階段を登っているところだ。アナトール・マデラのずんぐり太った首。しっかり握れるよう大きく広げた左手が、後ろからすばやくがっちり額をつかんでそのまま引っ張ると、右手は一気に肉を切り裂くだろう。血が噴き出すだろう。マデラはくずおれ死んでいるだろう。

　彼はそれらをすべてやった。まず薄暗がりの中、片手でもう片方の手にゴム手袋をはめた。粘土細工の際にときおり彼が使っていた外科医用の手袋みたいなもの。彼はそれらをすべてやった。一段また一段。一、二、三。四、五、六。しきりに立ち止まりながら。一息つくために。待つためめに。するとそのあいだずっと——何のための時間なのか?——のどの奥で語る声、頭の中の声、親指の中の声。けっして話が止むことはない。一段また一段。七、八、九《ヌフ》。真新しい《ヌフ》かご。良心が彼に何を語り得ただろうか。守護天使は何をごちゃごちゃ話していたのだろうか。守護天使。一段また一段。さあ行け心配するな。お前は正しいお前は間違っている。自由か死か。一段また一段。一歩一歩。俺はギロチンにかけられるよりギロチンにかけるほうがいい。一段登って〈マ〉。一段登って〈デ〉。一段登って〈ラ〉。一段登って〈お前は〉一段登って〈殺〉一段登って〈す〉一段登って〈だろう〉一段登って〈マ〉一段登って〈デ〉一段登って〈ラを〉。お前は・殺・す・だろう・マ・デ・ラを。お前は殺すだろうマデラを。マ・デ・ラを。あたかも、頭の中のほぼいたるところでネオンが光り爆発し消えるかのように。あたかも、目標に近づくにつれて、すなわちあのオーク材の扉、すき間のない扉、半開きの扉に近づくにつれて、全体の状況を少しずつ彼が制圧するかのように。その扉の背後ではすべてが始まろうとしすべてが終わろうとしていた。

ちょうど、一年半前この同じ扉の背後で引き出しから思いがけなく、ベルナルディーノ・デ・コンティ〔ルネサンス・イタリアの画家、ダ・ヴィンチの弟子〕の小キリスト像が出てきたとき、すべてが始まりすべてが終わったのと同じように。あたかも、その扉に近づくにつれて、全体の状況が数秒で把握され、恐怖、不安、怒り、絶望、貪欲、大胆さ、勇気、狂気、確信、それらすべてが集結して、とてつもない速さで、あの赤らんだ猪首に向かって突き進むかのように。その首は白のシルクシャツの上でわずかに膨らみ、抗しがたい磁石のごとく、名状しがたいこの行為を、輝く刃の刺し傷を引き寄せ、呼び求め、突発的に滝のごとく噴出する血の中に、あまりにも長く秘められてきた憤激の修羅場を出現させるのだ。

　そうとも、何の問題も起きなかった。ただ死体があるだけ。力んだ笑みを、ややわざとらしくひきつったあごを、傾いた帽子を超越して。厳密に構成されたこの肖像画においておそらくあまりに場違いなブローチを超越して、〈傭兵隊長〉殿はそんなつまらぬ心配をものともせず超然として無情に凄んでいた……

　向こうで、ずっと遠くで、再び勢いづいた妄想がまた沸き立っている。確実さという陸地に密集して。硬膜、軟膜。クモ膜。意識が覚えていたのは自らの身を守るためだったのか。贋作者ガスパール。年月の避けがたい奔流を乗り越えて、このやくざ者の輝かしい顔——上質の蝋燭のごとく半透明で若々しい顔——を作り直そうなどという、常軌を逸した欲望は何を意味していたのか。ところがすべては当然の結果だったのだ。まるで、人生の瞬間ごとに、何らかの特別な出来事が起きて、ふだん彼が経験しているつもりだった見かけの平穏さ、まやかしの静けさを覆したかのように。ミラとの出会いによって、自らの不幸を学んだのだ。ジュヌヴィエーヴとの出会いによって、自らの牢獄がどうしようもなく頑丈であることを知った。マデラの死は、究極の結末、明白かつ必然のフィナーレであった。驚くようなことがあっただろうか。彼はしてやられたのだ。〈傭兵隊長〉のまなざしを描くためには、ほんの一瞬でも、彼と同じ方向を眺めるべきだったのに。彼を引きつけたのが勝利のあの直接的なイメージであったこと、彼自身とは正反対のものであったことは、あまりにも明白であった！　彼は途方もない努力をしたにもかかわらず、なるべきようになることは防げなかった。つまり、〈傭兵隊長〉の傍らで彼が到達できたのは、自身の失敗のイメージだけだった。

だからどうした？　お前の目の前にはまだ何もない。お望みなら死があるとは言えるが、死など結局のところたいした意味はない。お前の背後には、あの混乱した物語が、お前自身の物語がある。ある阿呆の物語、要するに、感受性、美しいものへの愛、趣味をそれなりに備えてはいるのだが、やはり阿呆に違いない者の物語。お前の背後には、マデラの死体がある。膨大な数の多少なりとも深刻な挫折が、ある種の幻滅がある。そして何百という成功があるが、それを自分の手柄にはできない。というのもそれらが他人の手柄とみなされるようにしてきたからだ。お前の中には何もない。生きる欲望。死ぬ欲望。虚無の、むき出しの無理解の印象。それで？

　ひとつひとつの行為にはそれぞれ価値がある、そのことをお前は知っているはずだ。苦い経験によって学んだはずなのだ。お前が発する言葉のひとつひとつ、巡らす考えのひとつひとつには明確な結果が伴う。意味もなく起きることなどないのだ。何事にも報いがあり、しばしば大きな代価を伴う。お前はいいように馬鹿にし、からかい、ふざけるがいい。それでも立ち上がり、周囲を見回し、この馬鹿げた遊戯をやめねばなるまい。お前が何を失うというのか。何を危険にさらしているのか。さらに一時間が経つだろう。それから十二時間。扉が破られるだろう。お前は小さな頭でそのことを何度も考える。扉が破られるだろう。彼らがお前を捕らえに来るだろう。牢獄に連れて行くだろう。お前は怖がらない。こことたいして変わらず、少し小さいだろう独房を想い描いて満足する。より堅いベッド、より黒い壁。時間つぶしの落書。日にちを知るために日付か縦線か升目を記すか……ロビンソンの暦。出獄まで三四〇八九日とか、そんな類のこと。それで？

　生きたいのだろう。そうだと言いたまえ。そうだ、そうだと。陽を浴びて歩く喜び、雨の中歩く喜び、旅し、食べる喜び。泳ぐ喜び。列車の音が聞こえるか。数メートル掘るだけでいい。腐植土、煉瓦に石塊、セメントに石膏。お前は石塊を剥がせるだろう。オットーの目を逃れ、公園の草の中に音もなく忍び込み、電気柵を飛び越えることができるだろうか。道路に戻れるだろうか。お前は生の中に逃れることができる、死の中に逃れることができる。で、そのあとは？　お前は賭けに出る……

　彼は腕時計を見る。ツタに覆われた換気窓から薄汚れた光が入ってくる。何百万キロメートルにわたり地表の周りを巡って。一か八か。彼は立ち上がる。工房を大股で歩きまわる。亀裂は、目立たない境目はどこにある？　開け、ゴマか。どの岩がぐらつくだろうか。彼の視線は部屋をひとめぐりする。狭い通り道になるだろう、じめじめした通路、階段、鉄のはしごなど、地下道全体は数キロにわたって延びて、暗黒の回廊が入り組み、放棄された切り場が絡み合っている。そこを歩くのは危険で、何度も何度も角を曲がらねばならないが、ごく小さな徴をたどっていくと、鉱床や採石場の向こうで、森の真ん中の空き地が現実となり、雨に濡れた夜が素晴らしい実感とともに現れ、空が強烈に輝きわたるだろう。

一かけら一かけら。彼の鑿はモルタルを削る。ハンマーがくっきり乾いた音をたてると、固い壁面から石のかけらがとびちり、いくつかの塊に割れる。力を込めるごとに打撃音が響く。すると扉が少し開き、通り道がはっきりして、出口が姿を現す。遠くだがもう確かに存在している……

一掘りするごとに、お前は世界に問いかける。なぜ、誰のために戦っているのか。お前にどんな希望が残っているのか。お前は理解しているつもりだ。分かっているつもりなのだ。では、何なのか。これからどうやって暮らすつもりなのか。何時間かすれば自由の身だ、それは分かっている。動作の単純なくり返しがお前を救うのだ。鑿の位置を整え、腕を振り上げては下ろし、またくり返す。それで？

救済への道を掘るように人生を掘るのだろうか。後戻りしてやり直すのだ。理解すること。お前の人生において、二度あるいは三度、選択する必要があったが、おそらくお前はまずい選択をしてしまったのだろう。今ならきっと自分自身について過ちを避けることができるだろう。後悔するのではなく、自分を受け入れられるだろう。重要な事実のみを取り上げ、あとは消し去ってしまうのだ……短剣、メス、たがねを、あるいはまさに鑿を使って……削り、穴を開け、ひっくり返す……かつてあったもの、粗悪だったもの、ぞんざいにやっつけられたものを取り除き、破棄する。荒廃したものを。かつてなしたすべてのことを、かつて信じたすべてのものを、ひとつずつ、一歩ずつ、やり直す……それからあいかわらず、この動作をくり返し、再びやり直す。鑿を構え、ハンマーを振り下ろす。たとえそれが無益で馬鹿げているように思えたとしても、どうして掘っているのかもはや分かるはずがないとしても。

何時間か経てば、彼は外に出ているはずだった。それで？　オットーの目を避け、必要なら彼を殺し、少し体を洗って、街道に出ると、車かトラックを止めるだろう。彼はパリに戻るだろう。それで？

ここですべてが終わり、すべてが始まる。いかにも簡単なことだ、この動作は。二時間か三時間後には、塊が剥がれ、架台の上に崩れ落ち、セメント打ちの床まで転がるだろう。お前の目の前にあるのは固まった土の層だけだろう。四時間後には。時間の中、空間の中に、お前の未来は突然刻まれた……

この手応え。世界とお前自身の奇妙な手応え。かつてアルテンベルクで感じたような。表面が凍結したあの新雪。アイスバーン。彼は肩にスキー板を担いで人けのない斜面を歩いていた。雪は彼の重みを支えてくれそうだった。しっかりした手応えがあったのに、突然陥没し、太ももまで雪に埋もれてしまった。彼はやっとのことでスキーを履き、猛スピードで降下した。雪面をかすめて滑走し、どうにか道を見失ったり雪に埋もれたりせずに済んだのだった。奇妙な思い出だった。何年もの間、わずかに思い浮かべてはおおよそをなぞってみただけだ。あの手応え、あの見せかけの手応え。彼はそれ以上先へは決して行かなかった。リュフュスのためであっても、ジュヌヴィエーヴのためであっても、ジェロームのためであっても。誰のためであっても。自分のためでさえ。彼らは本当の意味で生きていたのだろうか。彼らは絆も寄る辺もない、無名の存在ではなかったのか。あたかも彼が不安定な世界を生きていたかのように。幻の世界を。だが時には、カクテルパーティの晩が突然恐るべきものに思われ、まるで不意に法廷に立たされて、容赦なく調べられ裸にされ、壁に貼り付けられたかのように、人々の感情が降り注ぎ、直接に、直観的に、自然に、否応なく把握されるのだ。彼らの存在が突然炸裂する。おそらくあのプレート、表面は固まっているものの、ひび割れ、崩落した——何の重みで?——あの雪の壁が、彼を転倒させ突然覆い被さったのだろう……守られ閉ざされた世界からあまりにもほど遠かったため、彼は大理石模様の化粧漆喰の砦を築こうとしたのだ。完全にまがい物に囲まれた王国を、無益な錬金術の領分を。

フェルメールかピサネロが彼の手に甦ったのだろうか、あるいはギリシアの職人、ローマの彫金師、ケルトの鋳掛屋、キルギスの宝石商が。それでどうなった？　人々は彼を称賛し、抱え込み、報酬を支払い、祝い、もてはやした。それで？　何が残った？　彼は何をしたというのか？

お前たちがスプリトでしたことだ……

下町の地下室で宝物が誕生していた。甕、壺、土器や炻器には、セステルス銀貨、デナリウス銀貨〔ともに古代ローマの貨幣〕、腕輪、フィブラ〔古代の服をとめた装飾付きの留め金〕など、縁からあふれんほどの宝飾や貨幣が詰まっている。カメオや大きな銀のブローチが雑然と詰めこまれ、隠されている。そうした雑多で奇抜な宝物は、帝国末期の領主が実際に持っていたかもしれない富にふさわしい代物だった。あるいは、いまだローマでありながら、種々雑多な人びとが周囲にいるだけですでに蛮族の地というべき、このはるかな僻地に隠れ住む高官が実際に持っていたかもしれない富にふさわしい代物だった。くり返された侵略のなかでもとりわけある日の襲撃によって、その高官は従者ともどもその邸宅から追い立てられ、果てしなき行程へと駆り立てられたのだ。スティリア〔現在のオーストリア南部〕、イリュリア〔現在のクロアチア、モンテネグロ、アルバニア〕、ガリア・キサルピナ〔現在のロンバルディア地方、ピエモンテ地方〕へ、あるいは東方へ、侵略に逆行するかたちで、マケドニアあるいはカルパティアへと逃げ、人も富もその場に放棄し、いつか戻れる日を絶えず願いつつ、大量の金、銀、宝石などずっと昔から支配者でいたことを示す決定的証しを、地下倉に隠したのだった……

それで？　彼は意識していたのだろうか、またしても自分自身の姿を探し求めていたのだということを。彼は気づいていたのだろうか、自らが生み出しつつあるもの、過去の世紀から救い出そうとしているもの、スプリトの地下室を囲むじめじめと湿った汚い壁に投影しているものが、自分自身の顔であることに。自分自身の態度、自分自身の曖昧さであることに。宝は中に隠されている。根気の要る探求を一年、孤独な作業を数カ月。世界で最も青い海から数百メートルに位置する小さな鍛冶場で、金箔や銀箔、散らばった石材、木槌や鉄槌を扱い、生皮の前掛けをして働く。彼以前には、奴隷同然の彫金師がしなければならなかったように。彫金師はその昔、トランシルヴァニアの牛飼いあるいはギリシアの羊飼いだったのだが、数キロメートルにわたって広がる群れの中のちっぽけな点に過ぎず、寒さや飢えに、あるいはオオカミたちに追い立てられていた。オオカミたちはラトビアやカッパドキアの奥地から楽園と思われた帝国に引き寄せられたのだ。その帝国とは世界に君臨する平和の大型船であり、〈我ラノ海〉〔地中海のこと〕に限りなく広がる水平線であったが、自らの活動がもつ凝集力そのものが否応なく手に負えなくなり、すでに至る所で勢力が衰え、崩壊しつつあった。当の牛飼いや羊飼いは、我にもあらず無益な冒険に引きずり込まれ、突然騎兵に、また突然歩兵にされ、突然敗者に、突然奴隷とされ、鉄、ブロンズ、金を用いて、失われた自由への怒りを含んだ誇りを表現するのだったが、それにも増して、かいま見た平和への内に秘めた愛惜を表現するのだった。

だが、彼自身の努力から、つつましく気長な奮闘から、根気強い情熱から、一日十二〜十四時間地下室で作業したこの四カ月から、何が得られたというのか。どんな慰めが。いかなる確信が。彼は酷暑の中、前掛けの下はほぼ裸で、絶えず蝿の群れにつきまとわれつつ仕事をし、夜更けまで作業台から離れることなく、一日二回、食事を運んでくるニコラをぼんやり意識する他は、誰にも会わなかった。なにゆえ、誰のためにあんな努力をしたのか。ジュヌヴィエーヴから出て行かないよう懇願されたが断った。後で戻ってくるよう頼まれてもやはり断るだろう。それが自分なりの愛なのか。彼はあくまで彼女を説得しようとしていた。まったく不誠実にも十日ほどで片付く仕事だと言い張り、仕事はすでに納品済みだし、資料も集まっている、資金が投資され、ニコラとリュフュスが手続きを始めているなどと言い立てた……

お前は今少しずつ掘っている。打ちつけられた岩石には意想外な模様が広がる。秩序も論理もまるでなく、お前が振り下ろすハンマーの打撃が続くだけ。腕が痛む。頭ががんがんする。お前は続けたいのか。なぜそんなことを考えるのか。止めてはならない。疲れて倒れるまで、鑿が手から滑り落ちるまで、打つ手に力がなくなるまでやるのだ。精根尽き果てるまでやれ。野蛮人のように。回復を待ってはならない。あれこれ疑問に思うのを止めよ。さもなくば答えをだそうとするな。どうして突然心が落ち着いたのか。鑿の大きさ、打撃の正確さ、板と架台に散らばる破片、一ミリずつ砕けてゆく石塊。数時間後お前は湿った草の中にミミズみたいに入り込んでいるだろう。上半身裸に裸足で、足場の天辺でひざまずき、汗にまみれ天井に頭が届かんばかりで、漆喰の白っぽくざらついた表面をお前は力いっぱい打ちつける。そのたびに打撃音が鋭い強度と執拗なリズムで、長いことお前の身中に鳴り響く……

何カ月も何カ月もこんな無駄な努力を？　あたかも彼の中に習慣がしっかり根付いているかのように、あるいは続けようという粘り強い意志があるかのように。なんとしても、自らの惨めさ、弱さを突き詰めようという。過去の諸作品のあの欠如、空隙、鋳型、反復者、偽の創造者、力学的要因になりおおせ、それ以外のものにはならないという、断固たる決心がなされた。この器用な手、絵画の衰退に関する正確な知識、技量。彼は何を望んでいたのか。有罪か否か……

彼の手、首、肩、足首は引きつり痙攣してときおり抑えがたく震えるのだった。彼はときにうなるような息を吐き出しながら、歯を食いしばって続け、夢中で奮闘していた。あたかも止まらなくなっていたかのように。あたかも、機械のごとき規則正しさで漆喰に打ちつけている鑿の、輝く大きな刃に全人生が込められていたかのように。ますますこわばって苦しげにゆがむその動きに、夜へと通じた知られざるあの扉を、石材を一秒ごと一分ごとに振るわせ、引きはがすその動きに、全人生が込められていたかのように……

人生の輝き。彼の意識のはるか遠くに、アルテンベルクの雪、オリンピック競技場にはためく旗、群衆の叫び声が立ちのぼる。それからあの同じ疲労、そしてあの安らぎの感覚。夜通しでひたすら歩いた末、突如あの見晴らしが開けたとき、取りかかった征服をどれほど素晴らしいと思ったことだろう。四、五人の男からなる小さなグループで、やっと登攀パーティーを作れるかどうかというところだった。そしてユングフラウ山頂付近の夜明け。突如開けたアルプスのあの眺望、山の反対斜面。分水嶺。太陽が突然打ち解けて、突然親しくなったことに、まるですべてが結びついていたかのように。親密な。というのもあたりは寒かったから、あるいは、この眺望を見るまでに長いこと歩かねばならなかったから。というのも、彼の歩みはこの輝きからの必死の呼びかけゆえだったのだから……

どうして分からないのか。そしてなぜ忘れてしまったのか。それからひとつずつ仮面が現れた。ジェロームとの出会い、ジュネーヴへの定住。馬鹿げた思い出。アルテンベルクとその降りたての雪、光り輝くおびただしい稜線、雪の層の見事な堆積。それを保護しているように見える表面は凍っていて太陽に輝いている。アルテンベルク。その痕跡は彼にとって、スキーの軌跡のごとく平行に目もくらむばかりに走っていた。奮闘ぶりを告げるのはストックの浅いあるいは深い跡であり、鋼鉄の切っ先がほんのかすかだが毎回確かに雪に触れていたため、ストック跡の五点形模様は進行方向にわずかに歪んでいた。それらの痕跡はあるいは紛れ、あるいは交錯し、はっきり残っていたり半分消えていたりだったが、ひとつひとつが雪を固めることで、雪面は厚くなり、ますますもろく、ますます油断できなくなっていた。今や、彼の中でも同様に、思い出は交錯し、浮かび上がったり消えたりしながら、彼の作業に力を与えていた。それでもなお、あまりに急なためすべることのできないゲレンデのように、北斜面には、手つかずのまま人を寄せつけない、まっさらな雪の道が残されていて、虚しい広大な空間が彼を待ち構えているのだった。今や一秒ごとに、この雪の向こうに、思い出の向こうに、自らの死の、運命の哀れなイメージが、ばかばかしい冒険のイメージが、仮面の忌まわしい渋面が姿をあらわすのだった。あれから二十年が過ぎ去った。優に百を超す贋作……

今のお前は、おのれの生を手中に収め、自分自身の物語に首まで浸かって、かつてなく思い出にふけっている。自分の弱さにしんみりし涙目になって。だが事態がそんなふうにならなかったことはよく分かっているのだ。嘆いたとて何になる。お前のかつての姿は自分で望んだものだったのだ。望んだとおりの姿をしていたのだ。お前は自分の運命を端から端まですっかり受け入れたのだが、それは何かを受け入れなければならなかったから、というわけではなく、犠牲者として受け入れたわけでもなく、間違いなく、人生、仕事、余暇についてお前が立てていた計画はそれでももっとも満足いくものだったからなのだ。ジェロームに従ったのはお前であって、ジェロームがお前を巻き添えにしたわけではない……
今となっては、それがなんだというんだ？　そうとも、何もかも台無しになったんだ。そうとも、私はすべてを台無しにした。私はもっとも安易なかたちで世界を受け入れたのだ。嘘をつこうとした。嘘をついた。私は嘘をトレードマークにしたのだ。それで？　逃げようとしたが遅すぎた……

ベオグラードとパリのあいだ、海抜三千メートルのところで、おそらくバーゼルやチューリッヒよりも高いところ、おそらくアルテンベルクよりも高いところで、ひとつの有益な決断がなされた。あまりにも長い間ためらっていたが、贋作と決別してジュヌヴィエーヴと出立する決意をしたのだ。まずはバレアレス諸島に向かい、ついでアメリカに行くだろう。美術品の修復士として生計をたてるのだ。だが、彼はジュヌヴィエーヴには言わなかった。十日ほど前に届いた彼女からの手紙に返事をせずにいた。飛行機が寄航したジュネーヴで電報を打った。だがオルリー空港で待っていたのはリュフュスとジュリエットだけで、すぐさま彼らの家に連れて行かれると、カクテルパーティーが開かれていた。彼はそこでジェロームに会った。それからアンナ、ミラ、ニコラ。それからマデラ。それからジュヌヴィエーヴ……

彼女はすぐに出て行ってしまった。彼は話しかけることもなかった。床に釘づけになって動けないガスパール。以来、彼女と再会することはなかった。十六カ月から十八カ月経って、真夜中に、あの電話が鳴った……

彼女は出なかった。飛び起きたに違いない。そして分かったはずだ。こんな時間にいったい誰が電話をかけてきたのか。そして放っておく。そしてすぐに、起き上がらず、電話には出ないと決め、音を聞き、たぶん回数を数え、それでも起き上がり、ためらい、灯りをつけ、近づき、ためらい、ベルに惹きつけられ、またためらい、腕を広げ、電話のほうに手をのばすが、受話器を取ったり切ったりする決心がつかない……おそらく彼はさほど長く待ってはいないだろう。おそらく規則的に鳴り続けるベルに呑み込まれてしまったのだろう。まるでベルのひとつひとつがこの最後の試みのむなしさを際立たせるかのようであった。じりじりと響くあの音が、あちらはパリの反対側で、こちらは耳のすぐそばで鳴っている。こういう辛抱強さに彼女はほっとしているはずだから、そんなに意地を張っても無駄なのだ……僕はときおり君のことをすっかり隅から隅まで理解しているように思うことがある……彼女が受話器を取っていたら、電話に出ていたら、彼に再会すると言っていたら、彼はどうなっただろうか。はたしてどれほどの時間でダンピエールに戻っていただろうか。彼は自由だったのか。囚われの身だったのか。

十六カ月から十八カ月経って、夜中に、あの電話が鳴った。狂ったようなあの電話。機械的な、ほとんど機械的なあの所作、とどのつまり他の多くと同じ事だが、数字を何十回、文字を何十回。ひとつひとつ並べる。いつも同じ不安を感じながら。いつも早く話したいと焦って、奇妙に整然としたかたちで、電線からなる、通信網からなる世界を空間から引き出して作り上げるのだ。レシーバーを着けた、公正かつ忠実な何千もの交換手、地表を取り巻く何キロものケーブル、それは時間や歴史の永遠のささやきというよりも、彼にとっては、解放をもたらしうる安らぎのネットワークなのであり、ただ自分自身や自分の運命、宿命を拒むか受け入れるかに関係しており、彼の自由の最後のよりどころなのである。ひとつひとつ行う単純な所作は、結ばれた回線の電子的正確さを超えて、世界に対する彼の明白な勝利でありえたもの、決定的で直接的な勝利でありえたものに対応している……B―A―B―一―五―六―三―またもや、もう一度、愚かしい所作を超えてすべてが再び可能となっていた。ただ単に、アサス通りではジュヌヴィエーヴが目覚めていて、ジュヌヴィエーヴが聞いていたからだ。だが、彼が電話をかけるべきだったのは彼女ではなかった。

クシュタート〔スイス西部、ベルナーアルプス中のリゾート地〕からローザンヌまではタクシーに、ローザンヌからパリまではチャーター機に、オルリー空港からランバル大通りまでは再びタクシーに乗った。午前三時に到着した。玄関にスーツケースを置き、コートを脱いで、電話に近づいた。まずリュフュスに電話をして今度の出立を釈明し、ついでマデラに、もう止めるつもりだ、これ以上贋作者をやりたくはないと言うつもりだった。だが、彼がかけたのは――なぜだろう?――ジュヌヴィエーヴの電話番号であった……

お前は本当に彼女と再会するためにクシュタートを発ったのか。答えよ、嘘をつくな、お前は何を求めていたのか。お前は長い間待った。応答のないベルが鳴るたび、世界はさらに崩れていった。諸大陸は吹っ飛んだ。溶岩の奔流。津波。何が残った？　彼女は電話に出なかった。お前は受話器を置いた。上着を脱いで、ネクタイを緩める。時計を見た。台所に行って、水を一杯飲んだ……お前は床に就き、目覚め、クシュタートのリュフュスに電話をかけた。服を着た……

彼はモンパルナス駅までタクシーに乗った。さらに別のタクシーでドルーからダンピエールへ。オットーは驚いた様子もなく彼を中に入れた。マデラは書斎に迎えてくれた。彼はマデラに説明した。十分に休息したので〈傭兵隊長〉を仕上げに戻ってきた、今から一週間のうちに完成させるつもりだと。彼は工房に降りた。画板を保護している枠を外し、〈傭兵隊長〉を見つめた……

お前はあの動作をひとつずつ行ない、あの瞬間をひとつずつ生きた。覚えているかい？　三日前のことだ。すべてが可能だった、覚えているはずだ、お前はそう望んでいたのだ。お前は待ち続け、呼び出し音が鳴るたびに、次こそは切るぞと誓うものの、さらに待ってはこうも心に決めるのだった。彼女が出てくれさえすれば、たとえ一言も話さずすぐに切ったとしても、踏ん切りをつけてマデラに電話することができるはずだ、と。だが、彼女はお前にとことんまで続けさせるのだった。彼女は何もしなかった。お前もだ。いかにも単純なことだった。たった一本の電話……

もしもし、ウール・エ・ロワール県ダンピエール十五番をお願いします。もしもし、お話しください。もしもし、ヴィンクレールです。おや、こんにちは。こんにちは、オットー、マデラに代わってもらえませんか。少々お待ちを。地表の周りに織りなされた何キロものケーブルは解放をもたらしうる心強いネットワークだ。マデラ、私は戻りません、もう戻らないつもりです。てめえらまとめてとっとと消え失せろ。ガチャン。

べつにどうってことないだろ？　弱音を吐いただけだ。窮地に陥って不安定なんだ。どうしよう？　どこへ行こう？　続けるんだ。なぜ続けるんだ？　誰のために続けるのか。なぜ耐えるのか。彼女が電話を取ろうと取るまいとそれがなんだというのか。私が〈傭兵隊長〉を完成させようと決心したからって、それがなんだというのか。ダンピエールの工房が、シルク広場の工房のように、クシュタートの工房のように、スプリトの工房のように、パリの工房のように、牢獄になったとて、私の矛盾の袋小路に、無益な人生の何よりの象徴になったとて、それがなんだというのか。

無益か。これぞ肝心な言葉だ。ジュネーヴで、ロッテルダムで、ハンブルクで、パリで、ロンドンで、タンジールで、ベオグラードで、ルツェルンで、スプリトで、ダンピエールで、トリエステで、ベルリンで、リオで、ハーグで、アテネで、アルジェで、ナポリで、クレモナで、チューリッヒで、ブリュッセルで、彼は何をしたというのか。全世界にどんなイメージを残すことになるのか。

どんな残骸を放置するのか。何も。虚無だ。それでも常に逃げ道はあった。それでも常に断ることはできたはずだ、彼はそう信じることができたのだ……

それは違う、そうだろう？　お前には断れなかった。お前は断らなかった。受け入れることしかできなかったのだ。お前は首輪をはめられていて、付き従うしかなかったのだ。自分の作品だと主張することは一切できなかった。何も作ることはできなかった、お前が作ったものといえば、宝物や聖遺物箱、偽小像、偽陶磁器、偽の模作……

十二年。三百六十五日の十二倍。十二年のあいだ、彼は用意を整え、想像をめぐらし、入念な作業を重ね、一人で制作したのだ。たった一人、地下室に閉じこもり、屋根裏に、頑丈な部屋に、人けのない工房に、廃屋に、物置に、洞窟に、採石場の無人の坑道に閉じこもり、百二十ないし百三十枚の贋作を制作したのだった。美術館と言っていい。ジョットからモディリアニまで。フラ・アンジェリコからブラックまで。魂も感情も欠いた美術館……

贋作者ガスパール。ガスパール・テオトコプーロス通称エル・グレコ。ガスパール・デ・メッシーナ。ガスパール・ソラーリオ、ガスパール・ベッリーニ、ガスパール・ギルランダイオ。ガスパール・デ・ゴヤ・イ・ルシエンテス。ガスパール・ボッティチェリ。ガスパール・シャルダン。ガスパール・クラナッハ父。ガスパール・ホルバイン、ガスパール・メムリンク、ガスパール・マッサイス。ガスパール・フレマールの画家。ガスパール・ヴィヴァリーニ、ガスパール・フランス派の逸名画家、ガスパール・コロー、ガスパール・ヴァン・ゴッホ、ガスパール・ラファエロ・サンツィオ。ガスパール・ド・トゥールーズ＝ロートレック。ガスパール・ディ・プッチョ通称ピサネロ……

贋作者ガスパール。奴隷的彫金師。贋作者ガスパール。なぜ贋作者なのか。いかにして贋作者になったのか。いつから贋作者なのか。彼とてずっと贋作者だったわけではない……

べた凪状態。日々がただ過ぎ去る。それからあの時間がカウントされ重くのしかかり始めた。それからあれらの事柄、あれらの出来事、あの事件、あの物語、あの運命、あの運命の戯画。無益な行為かそれとも一歩前進か。混沌を超えて、マデラの死はおそらく、そのいわく言いがたい自然さにおいて、最初の創造的行為だったのだ。

夜になる。リュフュスは来ない。お前はついている。オットーを避けるだけでいいのだ。オットーは間抜けだ。腕が痛む。たいしたことはない、続けるんだ、石材はもう半分剥がれているんだから。お前はうんざりしてるんだろう。分かっているよ。仕方がないさ。スポーツだと思えばいい。なにかの競技なんだと。タイムトライアルだ。浅浮彫りの制作中なのだ。どこにいたってこの地下室よりましだろう。納得できないかね。仕方ない。まったく仕方がない。仕方ないなどと言ってはだめだ。めったなことは言うもんじゃない。ティツィアーノの傑作一枚は二枚のリベラに勝るのだ。思い出せ、お前の信条だぞ。諦めてはだめだ。もうゴールは間近なのだ。その後たとえ……。やるのか待つのか、どうなんだ？　納得しようとしているのか。いいや。そうだとも。お前のことは分かっている。自分でも分かっているはずだ。それにしても。ハンマーを何回打ったんだ？　十万回か。百万回か。二百五十回か。分からないのか。さい先がいいな……お前にいいこと教えてやるよ、なあ、俺たち二人で逃げ去っちまうのさ、どうだい？　無断外出になる？　リュフュスのやつ、あっけにとられるだろうな……

　死ぬ死なない。なんだというのか、自由だろうが不自由だろうが、有罪だろうが無罪だろうが。あの曲線はどんなだろうか。あまりにもどうしようもなくひどいので、俺にもそのうち描けそうなあの曲線は。マデラは死んだ。なぜだ？　もっとも肝心なのは何だったのか。出発点は何だったのか。リュフュス邸でのパーティーか。ベオグラードの工房での夜か。クシュタートから急いで戻ったことだろうか。ジェロームと出会ったことか。ミラと出会ったことか。ジュヌヴィエーヴと出会ったことか。あるいは、まさにこの地下室で飲み明かした夜なのか。俺の生涯には何が残っているのだろうか。どんな出発点が。どんな論理が。

　ガスパール・ヴィンクレール、ルーヴル学院卒。ニューヨーク、メトロポリタン美術館の美術品修復でロックフェラー研究所より免状取得。ジュネーヴの市立美術館名誉技術顧問。ジュネーヴ、ケーニヒ・ギャラリー修復員。それから？　暇なときには名うての偽造者に。何かと言えば贋作者に。それから？　生まれ、育ち、贋作者になった。ひとはどうすれば贋作者になりうるのか。贋作者はあなただ……なぜ贋作者になるのか。金が必要だったのか。いや。おどしに屈したのか。少しは。好きなことだったのか。それだけのことだ。

説明するのはとても難しい。彼にすぐ他のことを考えられただろうか。彼はベルヌの街を歩いていた。戦争中だった。彼は十七歳、暇で金があった。そこにジェロームが現れた。謎めいた雰囲気のもつ魅力。冒険。お人好しでいて抜け目ないアルセーヌ・リュパンのような。大金持ちの年老いたイギリス人や食わせ者のホテル経営者、引退した外交官らに囲まれた終わりなきヴァカンスを過ごしつつ、絵はがきのような風景──雪と峰々、ファンシーチョコレート、高級たばこ──に身を置いている男、成功を重ねるこの画家以上に、どんな立場を望めただろうか。私も絵を描いているが、じつに結構なものだ、若者よ。それから？　突然、困難を見出す。突然、正確に意識させられるのだ、何にせよちっとも分かっていなかったということ、描くという行為が意味するところをまったく理解していなかったということ、自分はほどほどの「鉛筆さばき」で軽く退屈しのぎをしただけだったこと。さらに、いつの日か学び知ることができると確信する。そして、ジェロームの辛抱強く断固とした指導のもと、がむしゃらに勉強と研究に打ち込む。それから？　それから、模写し、模倣し、模写し、真似し、複製し、模作し、研究する、五回、十回、二十回、百回と、マッサイスの《両替商とその妻》のあらゆる細部を。鏡、本、硬貨、秤、箱、縁なし帽、顔、手。それから……

見事すぎ、安易すぎる。お前の歯車はいつ狂ったのか。お前の物語はいつおかしくなったのか。あまりにも、あまりにも無責任じゃないか……十七歳のときさ、もちろん。いや、二十五、二十

七、三十、三十三のときか。彼は意識しえたのだろうか。意識が何の役に立つ。意識とは何のことだ。言葉だ。ありふれた言葉。何の意識だというのか。猛スピードで牢獄の壁が閉じつつあった。付け加えることはなし。虚偽。別物。贋作者ガスパール……

それからミラがやって来た。最初の驚き。最初の軽蔑、ささやかで軽いもの。見せかけの後悔。ごくわずかな無理解。初めて、彼は急に、突然、演技はしたくないと思った。自分自身でいること。それは何を意味していたのか。歯車は歯車だ。贋作者ガスパール。ガスパール・ヴィンクレール、あらゆるジャンルで偽りの。いかなる時代のどんな人物の何であっても……

ひとりの女を愛すれば自分自身でいられたのか。彼は愛していたのか。ずいぶん前から愛とは、リュフュスから託された秘密の名刺を用いることに過ぎなかった。リュフュスはその名刺をマデラから譲り受けていたのだが、彼がそのことを知ったのはずっと後になってからであった。名を伏せての逢い引き。それからこうだ。もう少し自然な優しさが必要になる、あまり機械的でなくさもしくないものが。そんなことは重要ではなかった。そんなものだったのだ。彼はニコラの家でミラと出会い、愛人にしたのだった。その日の彼女のドレスの色が気に入ったから、あるいは彼女がほほ笑みかけてきたから。もう覚えていなかった。それがどうしたというのか。ほんの余談のようなものだ。特別な幾夜か。翌日の同じ時間には、容赦なくさも当然のように、冷酷なほど愚かなことに、彼はニコラとともにルーヴルの古代ローマ部門で、スプリトの宝物を作っていたのだ。十分説得力のあるものを。彼には思いもよらなかった。わずかな困難もなく何かを白紙に戻しもせずに一週間の休暇が取れるなどとは。こんなことはあたりまえだろうか。有罪だろうと無罪だろうと……

彼が入っていくと、彼女はすでにそこにいた。暖炉のそばで大きな椅子の肘に腰かけ、わずかに体を前に傾けてジェロームと話をしていた。おかしなものだ。ジェロームと彼女に面識がありうるかもなどと彼は考えたことがなかった。彼女は頭をこちらに向け、一言も話さず微笑みもうなずきもせず、じっと見つめた。彼は少し近寄った。彼女は立ち上がり、ごく自然な様子で部屋の反対端の、サイドボードの近くまで行った。ありふれた態度だろうか。注意深く計算して無関心を装っているのか。それでどうなるというのか。大したことではない。誰にだって起こることなのだ。お前は彼女を愛してはいなかった、それだけのことだ。あるいは、彼女はお前を愛してなかった。だがそれが問題なのではない。なぜお前は――数秒間、数分間、数日間であれ――自分が有罪だと感じたのか。お前は無関心だった。わずかな努力もしなかった。少しくらい努力したかっただろうに……

どうもおかしい。人は自分が自由だと思っている。そして突然……違うと分かる。自由はどこから始まったのか。どこで終わったのか。偽物を作る自由だと。おかしなことだ。小ジョット。東方三博士の礼拝。メルキオール、バルタザール。ガスパール。そしてもう一度やる。やり続ける。するとほら、それが不可欠になって、何に向かい合っても、もはやこの執拗さ、この根気強さ、この偏執的な正確さだけしか存在しなくなるのだ。セザンヌ。ゴーギャン。世界は消え失せ……そして彼は壁にはり付けられてしまった。贋作者ガスパール・ヴィンクレール。蝶のようにはり付けられて。ガスパルス・ウィンクレリアヌス。完全に、本質的に、明白に、絶対的に、徹底的に定義づけられて。私はときにお前をすっかり理解できると思う。贋作者の他には？　贋作者だけだ。贋作者イチーリオ・ヨーニ、贋作者ジェローム・カンタン、贋作者ガスパール・ヴィンクレール。大文字のFの〔「贋作者」の原語はfaussaire〕。大きな鎌〔「鎌」「偽物」の原語はともにfaux〕を持って。死や時のように……

　時が進む。石が震動する。あと数分で、この石が――そしてそこに付着し、その周りに広がっている世界全体が――落下し道を開くだろう。だがリュフュスは？　ポルシェのハンドルを握る姿が目に浮かぶだろう？　ヘッドライトを上向きにして、スピードメーターを百二十前後で揺らしながら、猛スピードで突っ走っている。不安でいらだち、意気消沈したリュフュス……

　もう少しの努力だ。だがその後は？　お前の未来は石の中に刻まれている。お前はもう決して贋作はしないだろう。それだけはどうしても必要だ。お前は幸せに暮らすかもしれないし、不幸になるかもしれない。裕福に暮らすかもしれないし貧乏になるかもしれない。それはどうでもいい。明日開かれる世界？　ただひとつ約束すべきなのは、決して途方に暮れず、決して執着しないこと。お前に守れるだろうか。まさに今守っているだろうか。

お前には何も分からない。まだ何も分からない。これまでお前が溌剌と生きたことはなかった。その手とその目つき。奴隷同然の彫金師、キルギスあるいは西ゴートの銅打ち槌工、田舎っぽい前掛けをして。お前のその手から忘れられた人々が群れなして現れる。目も見えぬ——ローマの彫像のごとく虚ろに出張った目をした——これらの死人みなに囲まれて、取り巻かれてお前は死ぬのだ。仮面をつけたシャーマンが振りかざす多彩な呪物や、中世の彫刻師が甦らせた神秘的な像など、傑作や小品に包囲されて死ぬのだ。見よ、それらはすべてそこにあり、お前を取り囲んでいる、包囲している。グレコ、カラヴァッジョ、メムリンク、アントネッロ。それらはお前の周りを回っている、おし黙って、触れることも近づくこともできぬまま……

そうだ。かつてはジェロームもそうだった。アヌマス〔スイス国境近くのフランスの町〕の城門に近い小さな家で、たった一人、皆に見捨てられていた。美術書と絵画に囲まれ、飢えと孤独で死にそうになっていた。十一月のある日に死んだ。彼には六カ月以上会っていなかった。短時間で逃げだすように訪問したことが一度あったきりだった。何を話せばよいかも分からず、一目で分かる衰えのようなものにたじろぎ、動転していたのだ。来るべくして来た衰えではあるが、両手が突然抑えがたく震え、むごい罰のように目がかすんでいた。ジェロームはもはや仕事ができなかった。手入れの悪い庭をそろそろと歩いたり、常にひとけのない客間をうろついたりしては、鉄フレームの分厚い眼鏡の位置を直すのだった。最盛期に彼がその眼鏡をかけたのは絵の細部をもっとよく調べるときだけで、ルーペの役にしか立たんなどとなにやら自慢げに言い放っていたが、その姿はシャルダンに似ていたものだった。だがいまや彼はその眼鏡をほとんどいつもかけていなければならず、本をひもとくときにはしっかりとかけ直すのだった。もちろんその本の内容は熟知しており、他のあらゆる本と同じく、絵画や美学、技法のことしか扱われていないのだが、彼はすぐさま閉じてしまうのだった。あたかもいまやタブーとなったテーマが論じられているかのごとく、あたかも習慣によって彼の生きる理由となっていたすべてのことはもはや存在せず、もはや胸を締めつけるノスタルジーのきっかけでしかありえないかのごとく。彼はまだ挽回しうると残酷かつ惨めにも思いこんで、そんなノスタルジーを、不安と興奮とともに、絶えず追い払ったり呼び起こしたりするのだった。

しわだらけで節くれ立った彼の手は、椅子の肘の上でときおりかすかに震えていて、突然引きつってはビロードに爪を立てるのだった。「また会えてとても嬉しいよ、ガスパール、久しぶりだなあ、おい!」ありきたりの言葉、一種の無関心、ありきたりに発せられた言葉。それはパリでのカクテルパーティーでのこと、彼のパリ滞在の最終日であった。ジェロームと最後に話したのもその時だった。リュフュスは翌日ジュネーヴに向けて発ち、ジェロームをアヌマスに連れ戻したのだ……

ジェロームは街を、邸宅の虚ろな部屋を歩きまわったはずだ。彼は六十二歳だったが人には八十歳だと思われていた。イチーリオ・ヨーニの弟子であったこともあり、これまでにこの上なく見事なキャリアを築いていた。ダ・ヴィンチ一点、ヴァン・ゴッホ七点、ルーベンス二点、ゴヤ二点、レンブラント二点、ベッリーニ二点。五十点ほどのコローや、十二点ほどのルノワール、それにおよそ三十点のドガは、一九三〇年と一九四〇年に、南米とオーストラリアに大量に輸出された。マッサイス数点とメムリンク数点、それから大量のシスレーとヨンキント〔オランダの画家で印象派の先駆者〕は、ジェロームがリュフュスとマデラに協力しはじめた頃、つまり一九二〇年から一九二五年にかけて輸出された。一九五五年まで、彼は一日に十二時間働き、それ以上働くことも多く、知識、秘訣、技法を獲得して、その都度、しばしばめまいのするような速さで揺るぎない完成度に到達するのだった。それから中断して、シルク広場をうろつき、助言を与え、準備をし、書誌を作成し、資料を集めるのだった。あたかもなんとかして役立つ人間であろうとなおいっそう努めているかのように。そして、少しずつ、すべてを完全に止めてしまうのだった。最初は何も言わずに、あたかも働きづめで過ごしたまさにその場所で何もせずに生き続けるのはもはや不可能であったかのように。自分からはそのことを話題にできずにいたリュフュスに向かって、静かに休息しつつ「生涯を終えたい」との希望を告白し、寂しげな微笑みを浮かべ、わざとらしく喜びながら、リュフュスがアヌマスに用意してくれた別荘に住み始めた。ジュネーヴとの国境からせいぜい数百メートルしか離れていないその別荘では、怒りっぽい家政婦とかなりの年金、見事な書斎に恵まれつつ、急に無益なものとなった生活がごく緩慢に死につつあることを、ジェロームは突如実感し始めた。二年。七百三十日。七百三十日の倦怠は、訪問客や旅行によってごくまれに解消された。パリで、ヴェネツィアで、フィレンツェで数日を過ごすと、ジェロームはふたたび一人っきりになり、あのやや穏やかな苦しみ、幾分懐古的で気力を奪われる自己了解のようなものとともに、本と絵画に向き合って、貧弱な客間にひとりたたずむのだが、向こう側には似たような別荘の並ぶ小さな通りが、ひっそりしたひとけのない小さな通りが見えるのだった。生涯を通じて彼は絶え間ない喧噪のなかで暮らしてきた。ルソー通りとシルク広場で、あるいは、パリのカデ通り、建物の八階の小さな工房で。鈍色の狭苦しい通り。小ぎれいな郊外の小さな通りか。みすぼらしい客間を彼は修理させようとも思わなかった。そんな必要はないと確信していたかのように、自分はすでに死んでいて墓の中で暮らしていると絶えず自分に言い聞かせようとしたかのように。この異国の環境、完全に人知れず目立たぬ環境で、彼はそれでも毎日歩き、見つめ、眺めなければならないのだった……

一九五八年十一月十七日、リュフュスがダンピエールに電話をかけてきた。ジェロームが死にそうだ、という。その晩、彼はオットーにオルリーまで送ってもらい、ジュネーヴに降り立った。リュフュスが飛行場で彼を待っていた。冷たい霧雨が降っていた。彼らがアヌマスに着いたときには、ジェロームはすでに亡くなっていた。医者と家政婦が枕元についていた。ひどい散らかりようで、開いた書物、広げられた複製画や石版画が幟《のぼり》のように取り囲み、部屋を埋め尽くしていた……

お前は覚えているかい？　お前は身をかがめて、彼のすぐそばで開いていた本を拾い上げたね。覚えているかい？〈隊長四人、ハムレット殿下を　武人の死にふさわしく壇上に安置せよ。死出の旅を弔うために、軍隊を奏し葬送の礼砲を打ち放って……〉〔原文は英語。シェイクスピア『ハムレット』第五幕第二場より。野島秀勝訳、岩波文庫、二〇〇二、三二四頁〕

長い間、衰弱した記憶の中で葬送行進曲が鳴り響いた。ジェロームは別荘の廊下を部屋から部屋へと亡霊のようにさまよい歩いては、窓にもたれ狭く小さな通りを眺めていた。十一月のことであった。かすかな霧雨が降っていた。行きつ戻りつして書斎に近寄り、紙挟みを開いておびただしい素描を取り出し、薄葉紙から石版画を引き出しては、それぞれの来歴、細部、生じては克服された困難を思い出し、記憶を新たにするのだった。それから？

長い間、彼は貧弱な小庭を歩いたはずだ。夜になった。肌寒い。彼は再び自分の部屋に上がった。また客間に下りてくると、家政婦が夕飯の用意をした。彼は手をつけなかった。疲れ切ったような動作で皿を押しやるのだった……

お前は覚えているかい？　翌朝、お前はパリに帰って行った。ここに戻ってきたのだ。ジェロームは死んだ。お前の師だった人だ。贋作者だった。お前は贋作者だったのだから彼のように死ぬはずだったのだ。お前もいつの日か廃屋で朽ち果てるはずだった。お前は工房に下りた。ここに。〈傭兵隊長〉を保護している枠を取り去った。この仕事を始めてから一年が経っていた……

それからある日のこと、お前は酒をらっぱ飲みし始めた。泥酔しネクタイで窒息しかけたお前をマデラが夜明けに発見した。彼は何も言わなかった。お前に何も尋ねなかった。彼はリュフュスに電話をかけた。リュフュスはお前を迎えに来た。お前は彼と一緒にクシュタートに戻った。彼と三日間過ごし、スキーをした。お前はアルテンベルクでのことを思い出した。だが、どうしてそんなに幸福だったのかを思い出すことさえできないのだ。お前は真夜中にパリに帰ってきた。ジュヌヴィエーヴに電話をかける。彼女は応答しなかった。お前はダンピエールに帰り着いた……三日前のことだ……

もう数発叩く。五、四、三。二？　一。もう五発。ぐいっ。小鳥が出てくるよ〔写真屋がカメラの方を向かせるために言う決まり文句〕。開けゴマ。悲しき炎よ、消えてくれ〔ヴィクトル・ユゴー『リュイ・ブラース』第五幕第四場より。西節夫・杉山正樹訳、『ヴィクトル・ユゴー文学館第十巻』、潮出版社、二〇〇一、三六二頁〕。荘厳序曲。ヨハン・ゼバスティアン・ババッハの音楽。フーガ。もう少し強く打てば、それっ、その辺のラグビーボールみたいに大きな石が固定できるぞ。よし、できた。一息つこうか。

お前は本物の石工みたいに手を拭く。石がひとつ。またひとつ。するとほら。壁に穴がひとつ。お前の前には、灰色の汚らしい土が少々。夕陽の細い一筋。実に詩情をそそる。それでもお前が困り切っていることに変わりはない。オットーがいつものように仕事に精を出していると考えても、あるいは奇跡的に彼の耳がまったく聞こえなくなっていると考えてもむだだろう。したがって彼にはお前の物音が聞こえているのだ。したがって地下道がどこを走っているのか、おおよそ、彼は知っている。彼は前にいるのだ。お前が外に出たら目の前にいるだろう。じつにやさしくこう言うだろう。「ゲッバールはん、こう房に戻ってくらはれ」。したがって穴ぼこは何の役にもたたないのだ。お前にはどうでもいいことだよな。別のものを見つけるだろう。二つのうちのどちらかだ……

　お前はまた台座から下りる。工房を歩きまわる。オットーよ、親愛なるオットー、あなたはいったいどこにいるのですか。ほこりの舞う道路をケーニヒ卿〔リュフュスのこと〕がやって来るのが見えますか。このスイスのお方と電話で話しましたか。彼はすぐに来ると言いましたか。まさに今この時あの人が来ると思っているのですか。

　実に可笑しい。大笑いだ。お前は腕時計を見る。七時十五分前だ。リュフュスがこの時間にホテルにいるとはやはりどうしても考えられない。おそらくオットーが伝言を残したことだろう……お前は賭けを続けるしかないのだ。お前がすぐにも外に出られるようになったときオットーしかいなければ、きっと成功する方法が見つかるはずだ。たとえば、奴が穴のすぐそばで待ち構えていたら、お前は扉を通って逃げればいい。巧い手だ。そう言いますけどね、それほど巧い手ではないよ。オットーが穴の前にいるなら、扉は塞いでおくだろうから。それに奴がそこにいるか他の場所にいるかどうやって知るのさ。なあ？　そのことは後でよく考えることだ。さしあたり重要なことは終わらせることだけだ、地下道を。だが、オットー・シュナーベルに見られてはいけない、でないと奴は罠をしかけるだろう。どうだい？

あなたの才能が一目で分かりますよ、ねえ？　さあ見てください。言ったとおりにやってみるのです。十分に幅と長さのある板を選ぶ。〈傭兵隊長〉の試し描きに使われた画板の中から、さして苦労せずに見つかるだろう。そこらじゅうで太い釘を二本探す。これも見つかる。ここにある槌を使って、釘の間が板の幅よりやや広くなるようにその釘を石に打ち込む。当該の釘は歪む。釘のあいだに板を差し込み、押さえる。板は地面に支えられ、釘が板を二本のくさびのように押さえている。真下の土を掘るのだ。掘り進むにつれ、板を前に進めていく。すると地下道は、ああ人間の才能よ、ごく薄い土の層で覆われていることになり――自分の行動をよく計算するだけでよかった――、その層は板で支えられるのだ。オットーには何も見えない。そしていよいよ脱出する時を決めたら、板を引き抜けばよい。地面は崩れ落ちるだろう。溢れるばかりの光が部屋に流れ込むだろう。穴が大きく口を開けるだろう。

一時間が経過するだろう。一時間たったら？　ガスパール・ヴィンクレールさん、あなたは自由なのです。かつて経験したことのない感覚、まったく独特のものだろう……彼は自由に我を忘れ、溺れるだろう。道路に沿って歩くだろう。放浪することだろう。彼にはもはや全くわけがわからないだろう……

お前はまったくなんて姿だ？　腕を上げ、下ろし、少量の土と泥をかき寄せ、板をほんのわずか前に押し出しては、泥虫のように、草を這う蛇のように、身をくねらせて進む。お前はなんて姿なんだ、ほとんど裸で、ケーキサーバーみたいなものを手に持ち、浜辺にいる子供なら誰でもやるように砂遊びをしているとは。窮屈な姿勢で。暑い。お前はひどく汚れているはずだ。それにしても忙しい一日ではないか！　お前はジェロームのことを覚えているかい？　リュフュスを覚えているか？　マデラを覚えているか？　ジュヌヴィエーヴを覚えているか？　ミラは？　ニコラは？　スプリトを、ジュネーヴを、パリを覚えているか？　覚えているか、ジョッティーノ〔十四世紀イタリアの画家〕を、メムリンクを、クラナッハを、ボッティチェリを、アントネッロを。覚えているか、〈東方三博士〉を、〈聖母子〉を、〈王たるキリスト〉を、〈キリストの復活〉を、〈寄進者〉を、〈王子〉と〈王女〉を、〈道化〉と〈従者〉を、〈ブレーメンの市民〉を、〈聖墓の騎士〉を、〈草上の昼食〉を、〈ブロワの橋〉を、〈卓上の三つの桃〉を、〈サン＝トメールの小舟〉を。覚えているか、フリーメーソンの小箱を、トーテムを、オート＝ヴォルタ〔アフリカ西部の内陸国。現ブルキナ・ファソ〕

の木彫像を、三ペンス分のジャマイカ・ビストル色を、ディオクレティアヌス帝期のセステルス銀貨を。覚えているか、クシュタートとアルテンベルクを。覚えているか、お前の生活を。

　彼の手と彼のまなざし。いかなる時代のどんな人物のどんな物であっても。それらすべてが彼だったのだ。それらすべてであってそれ以上ではない。贋作者ガスパール。得意分野はイタリア。奪われ裏切られた、死んだようなあの群衆。身ぐるみはがれたような。贋作者ガスパール。世界絵画館を見にきたまえ。感嘆したまえ。もはや芸術に秘密を感じない男。モナリザの微笑みを模写しえた唯一の存在、インカ族の秘密を見抜いた唯一の存在、オーリニャック文化〔後期旧石器文化〕の忘れられた技法を見出した唯一の存在。たった一巻に収められた芸術史を見にきたまえ。贋作者ガスパール。ガスパール・ヴィンクレール。当時の塗装下地と展色剤。請負仕事……

　続きは大笑いにかき消されるだろう。贋作者《フォセール》。偽りの時代《フォセール》。悪しき時代。天気は崩れそうだ。贋作者の贋作者。屍体喰い……

　答え？　確信？　明証？　否。まだだ。まずまずの結果すらまだだ。完全に仕上がったとは言えない。長い間地下の独房に幽閉され、日差しからも生命からも隔離され——スプリトやサラエヴォの地下倉、ダンピエールの工房だ——、ずっと前、数カ月、数年、数世紀前から、脱出を、地下道を、地中の通路を準備してきたかのように、そして来るべきその瞬間には、湿った粘土の中で体を存分に伸ばし、汚れて、疲れて、落胆し、粘り、痙攣するかのように。そしてうなるような息づかい。絶望。おそらく何時間も何時間も。それから腐植土層が崩落し、空が、草が、風が、夜が現れる……

必ずしも自由とは呼ばれないだろうもの、ただ何か活気のあるもの、ほんの少し活気の増したもの。いまだ勇気ではないものの、もはや臆病ではないもの。たった一撃のなしうること、なぜならただ一撃で百年来の障壁が崩壊するだろうから。彼のものであろうもの、彼だけのものであろう、彼だけに由来するであろう、彼だけに関わりがあるだろうもの。彼だけでもはや他人は関わらない、ジェロームも、リュフュスも、マデラも……

なぜならある時失敗が明らかになったからだ——はっきりと執拗に意識させられたのだが——野心が大きすぎたのだ。なぜなら〈傭兵隊長〉は腑抜け、無防備な騎士、寂しく無力な田舎侍に過ぎず、世界はもはやいかなる意味も持たなくなりはじめたからだ。あの期待は？　あの努力は？　彼は決して自由ではなかったのか。ジェロームは死なねばならなかったのか、ジュヌヴィエーヴは彼と別れねばならなかったのか、〈傭兵隊長〉は失敗せねばならなかったのか、マデラは死なねばならなかったのか、そのことに彼がようやく気づくためには。彼は知っていたのか。分かっていたのか。何が始まったのか。何がもっとも大事なのだ？　良心が覚えているのは自らの身を守るためだったのか……

ひとつずつお前の記憶は消えてゆく。何が？　誰が始めたのだ？　規則通りにやっているのは誰なのだ？　砂に頭を埋めて事態を見ようとしなかったのは誰だ？　憎悪と狂気が等しく現れたのか……〈傭兵隊長〉の失敗、マデラの死。同じ事だろうか。

板の端までたどり着いた。準備は整っている。一振りすれば土が崩れ落ちる。道が開ける……だがオットーが立ちはだかるだろう。数センチあるいは数メートル離れたところで、今にも発砲する勢いだが、お前を殺すつもりはなく逃げるのを邪魔しようというのだ。お前はどうしようか考える。もしもオットーがどこか地下道の前方にいるならば、用心して扉をすべて塞いでいるはずだ。地下道の前方にいないはずはない、というのもお前の物音を聞かなかったはずはないからだ。お前が地下道を掘るのはそれを利用して逃げるためだ。したがって彼は前で待ち構えようとするだろう。だが、罠の存在を疑わないほど彼も間抜けではないので、階段をのぼって、マデラの書斎の扉に施錠するはずだ。お前がその扉のところに行き、あらかじめ築いておいたバリケードを壊して、この上ない轟音をたてるとしよう。彼は戻ってくるだろう。で、彼が戻ってくる間に、それ、お前は大急ぎで降りてゆき、板を外して逃げるというわけ。駄目かね？　駄目だ。時間がない。そんなにうまくいくものか。考え直そう。第一に、オットーは地下道の前方にいる。正確には、奴は地下道がどこを通っているのか知らないので、音のする方向に向かっていき、この壁に地下道が掘られたことを発見して、壁全体が見渡せるように数メートル手前に陣取っているのだ。オットーは地下道の前方にいるに違いない。オットーが地下道の前方にいるのは間違いない。第二に、オットーはお前を待ち伏せしている。お前が地下道から出てくると予想して、他の出口をふさぎ、てこでも動かぬつもりなのだ。第三に、奴を移動させなければならない。すべてはそこにかかっている。オットーを移動させなければ。お前は三十三年生きてきたが、今やお前にとって唯一の問題――この上なく重大な問題――は、数秒のあいだ、あるいは数分ならなお良いが、オットー・シュナーベルという名の男を、五十歳、八十キロ、国籍不明の、アナトール・マデラの元下男をどこかへ追いやることなのだ。そうとも。でもどうやって。呼びかけることはできる。でも来ないだろう。白いシーツをかぶって外に出たら、奴は幽霊だと思うだろう、うおーうおーとやれば怖がって一目散に逃げ出すだろう。してやったりだ。全然準備ができてない。どんな手がある？　さあ、さあ。最初に行き当たった扉をぶち破ればいい。だが奴が鉄門を封鎖していたら？　奴はお前の音を聞きつけ飛んでくるだろう。そしてお前の足を引っ張るのだ。お前は打ちのめされるだろう……

一秒一秒が流れるのを、一分一分が過ぎ去るのを感じるか？　集中するんだ、いいか、ガスパール・ヴィンクレールよ。灰色の小細胞〔脳細胞のこと。エルキュール・ポワロの口癖〕を働かせるんだ。硬膜、軟膜などなど。どうだい？　そうだろう。とても簡単なことだ……

話をまとめてみよう。簡潔に筋を通そう。秩序、精度、方法。お前はもっとも見事な手を打とうとしている。

オットーを移動させうる唯一のものは何だろうか。リュフュス。もちろんリュフュスだ。リュフュスはここにいない。だがオットーはリュフュスを待っている。リュフュスがホテルに戻るとしよう。間違いなくドアマンが伝えるだろう、オットー・シュナーベルという方から何度もお電話がございました、と。オットーは伝言を残している。急いでダンピエールに来て下さい。もちろん、ついさっきマデラが殺されました、とは言っていない。声高に言い交わすようなことではないから。リュフュスはどうする？　オットーに電話をかける。さあオットーはどうする？　お前を監視しつつリュフュスからの電話を待つ。それで？　それでお前は電話をつかみ、作業台の上に載せる。それからお前は小さな肩掛けかばんを手に取り、マンションの鍵、金、電気剃刀、シャツ、ネクタイ、セーターを放り込む。お前はそれを作業台の上に載せる。そのかばんを持って行くのだ。自由になったらすぐ、その作業着みたいなものを脱ぎ捨て、ほとんど体中についた埃と泥を洗いおとすのだ。逃げ道は覚えているか？　すべて抜かりないだろうな？　何も忘れてないか？　確かめてみる。身分証は？　たばこは？　マッチは？　また下に降りる。上がってくる。大きく息をはく。取り乱してないか？　取り乱してなどいない……

お前はダイヤルを回す。リン、リン、リン。オットーは地下道の前方にいる、そう信じ続けなければならない、さもなくば書斎の電話がガチャッと鳴ったのを奴は聞いてしまったということだ……こんにちは。こちらはダンピエール、十五番です。実は電話の調子が悪いような気がするんです。友人のひとりが今朝、三、四回電話したと言うんですが――その友人は午後に車でやって来ました――何にも聞こえなかったんです……今から十秒たったらこちらに電話をかけてもらえませんか。そう十秒。そうです、ダンピエールの十五番です。マデラと申します。ありがとうございます、また後ほど。

十秒だぞ。電話を切る。心臓が高鳴る。お前は時計を見る。九。のるかそるかだ。八。成功と引き替えにお前は何をくれてやるんだ？　王国をくれてやる〔シェイクスピア『リチャード三世』第五幕第四場「馬を！　馬を！　王国などくれてやる、馬を！」より〕。七。六。理屈どおりならうまくいくはずだ。四。ほら。殺したぞ。三。マデラを。二。そら、時間が加速するぞ。あっという間だ。ゼロ。鳴った。遠くで。遠くで。遠くで。聞こえる。走る。リュフュスに違いない。角を曲がる時間を与えてやれよ。一。二、三。板を引き抜け。かばんを取れ。外に出ろ。そう。そう。そう。急げ！　一、二、三、四、五メートル。さようなら、ありがとう。十、十一、十二。柵の下をくぐれ。そうだ。草に寝転ぶんじゃない。走れ。ヴァンドーム記念柱によろしく伝えてくれ。振り向くな振り向くな振り向くな。

さあこれからだ、長いこと抱いてきた希望の埋め合わせになるだろう、すべてが彼のもとから逃れてしまった、すべてがまた逃げ出してしまった。掌握しうると一瞬思ったあの人生、ひとつにまとまったあの思い出、あの探求、強く凝縮したあの全体は、無数の破片に砕けてしまい、ばらばらになった隕石はそれぞれ独自の生を持つようになり、なお彼に結びついていたのだろうが、それは、変わらぬ本質をつかみ得ない謎めいた法則に従ってのことだった。またしても思い出がはっきりした形をとり、それから突然爆発して、さまざまなとりとめのない印象に、人生のかけらになってしまい、それらに意味、方向、区別を見出そうとしても無駄だっただろう。亀裂と断絶。あたかも彼の世界を通り抜けた地平線が災厄を免れたばかりであるかのように。あたかも世界がいまや彼のものではないかのように。いまなお彼のものではないかのように。彼は別の時代に突入していたのだ。

そしてこの深い混乱は指揮者が入ってくる前のオーケストラの調律みたいなものだった。おのおのの楽器が楽譜の最初の数節を軽く演奏し、弦、リード、ピストンを調整しアルペッジョを吹き和音を鳴らして、互いにばらばらであることを強調するかのような、あの調律である。そこから、間もなく、指揮者の明確な意志に導かれ、作曲家の首尾一貫性を見出しそれを少しずつたどることで、そこから間もなく、静寂が戻りあらゆる灯りが消え、進行中の作品が湧き出てくることだろう。トランペットやホルンの力強い破裂音が、充実した弦楽器の音が、テンポの前後に乗るティンパニのリズムが、湧き出てくることだろう。もしそうなら、そうなるならば、ついに彼は自らの狂気の核心に触れたのだから、混乱を認識することからやがて、世界と己自身についての確信が、力強く見事に生まれてくるだろう。彼は勝ったのか？　まだだ。自由ではある、ひとけのない道で。どこへ向かうのかも知らず、前へ前へと歩く。夜になる。そろそろ八時だ。マデラは死んだ。工房の片隅で、誰にもみとられず、すでに埃をかぶって。理不尽な〈傭兵隊長〉が渋面をつくる。無益な行為なのか一歩前進なのか。彼には分からない。首を振る。寒気を覚える……

お前はシャトーヌフ〔パリの西北方向に位置する街シャトーヌフ＝アン＝ティムレー。後出のドルーに近い〕まで歩くだろう。ドルーまでタクシーに乗るのだ。列車には乗らないように。駅で待ち構えるオットーと出くわす危険が大きい。パリまで乗せてくれるトラック運転手を探すのだ。今夜のうちにパリに着くだろう。それから？　どうなることか。お前には分からない。怖いかね？

何年にもわたって過ぎ去っていく日々のお荷物。世界と同じくらい古い物語だろう？　手を挙げる……日々の連なり、それからこの物語、この運命、この茶番めいた運命……結末。避けられるのか避けられないのか。それから？　それから何も。考える時間すらない。事情を知るための時間すら。お前は生きたいと思った。お前は生きている。立ち去りたいと望んだ。今外にいる。マデラは死に、リュフュスは遠くにいる。だから？　今お前は真夜中にひとりぼっちでいる。良心など何になる？　お前は幸せだったのか、ガスパール・ヴィンクレールよ？　お前は幸せなのか。幸せになるのか。夜とはまったく独特なものだ。お前は道端を歩く。まばらに通る車を呼び止める。車は止まらない。いつまでお前は歩くのか。堀端に死にに行くつもりか。道をふさいで寝転んでいたら、灰色のポルシェがお前を追って時速百二十キロで突進してきて、うっかりひいてくれるとでも思っているのか。リュフュスはどこにいる。リュフュス氏はホテルに戻ったのだろうか。ケーニヒは早く寝たがる。だが今夜はもうたっぷりとは眠れまい……

お前にはうんざりさせられる、ガスパール・ヴィンクレールよ。お前は贋作を作ることしかできなかった。自由になった今、お前には何ができるだろうか。どんな馬鹿げたことを？　それでお前は悩んでいる。理解できればよいが。何も理解すべきことはない。考えるには寒すぎる。明日になれば分かるだろう。さもなくば永遠に分かるまい。いずれ分かるだろう……

薄暗がりのなかでまずは、片手で他方の手に手袋をはめる。彼は以下の行為をすべてやりおおせたのだ……一段ずつ階段を登った。半開きの扉を静かに押し開いた。厚いじゅうたんのおかげで足音は響かなかった。左手でマデラの首をつかみ後ろに引き寄せると同時に、すでにずいぶん前から剃刀を――いささか力んで――握っていた右手が前に突き出て、差し出されている首を、白のシルクシャツの上でわずかに膨らんだ猪首を、電光石火の早業で斬りつけた。できものが潰れたかのように血が噴き出した。切開された癰《よう》のごとく。血はほとばしり、あらゆるものを浸し、どろどろとした滝となって痙攣したように溢れ広がる。テーブル、日めくりカレンダー、白い電話機、板ガラス、じゅうたん、肘掛椅子の上に。血は黒く熱く、生きている蛇のように蛸のように、椅子の脚のあいだに入り込む。すると砲撃のような突然の歓喜、太鼓のようにファンファーレのように響き渡ったあの歓喜。途方もない、余すところなき、溢れかえるあの歓喜。分かりにくい。こんなに分かりやすいのに。

そうだろう、ガスパール・ヴィンクレール、こんなに分かりやすいのに……

まるで世界が転覆するかのように、あるいは世界と言わずとも、部屋という忌まわしい小宇宙が転覆するかのように、突如として激しく動揺しつつ、広々としてひとけのない作業場である工房は新たに生まれ変わりつつあった。それは別種の牢獄であり、さまざまな矛盾を体現するミクロコスモスであって、それら諸矛盾はひとつずつ切り離され、ピンで留められ、詳細に分析された。その様は結局、高く滑らかな壁に貼られた〈傭兵隊長〉の、目障りで不吉ないくつもの複製に、成功と技法を体現するあの数多の顔になされるのと同じなのだが、よくよく見比べてみると、特製の画架に載せられて、四隅を脱脂綿と布きれと金具で三重に保護され、六つの小さな投光器で隅々まで照らし出されている未完成のパネル画は、それらの顔にほとんど対応しておらず、失敗が進行しつつあるのだった。そこには統一性の回復、世界の把握、不変の恒常性は見られず、まるで短い覚醒時に己の姿を見つめるかのように、見境ない活力のもたらす決定的な不安が一瞬のうちに捉えられ固まっており、残酷な力の苦痛が、疑念があった。あたかもアントネッロ・ダ・メッシーナが、四百年ほど前に、明白この上ない歴史の諸法則を完全に無視して、意識のもつありとあらゆる苦悩を、不完全ながらも、表現したいと感じたかのようであった。この世のすべての矛盾が、鏡として描かれたこの顔の中に集まったようだったが、それらは、まさに曇りなき確信だけにふさわしかったはずの技術で描かれているだけに、ろくでもなく馬鹿げているのだった。それは、しかるべき心の皮肉と残酷さと落ち着きを十全に備えつつ、画家を超越して世界を見つめる将軍ではもはやなく、また、モデルを超越して、ルネサンスの合理的で永続的な安定性を丸ごと、直接感知しうる形に結集する画家でもなく、自らの模作を模倣し模作以上のものを作る贋作者の、二重、三重、四重の遊戯なのであり、そのモデルを通して、あるいはその知識や野望を超えて見出されるのは、彼自身の視線の曖昧な曇りだけなのだった。落ち着きはパニックとなり、ほぐれた筋肉は引きつり笑いとなり、自信に満ちた視線は反抗となり、毅然とした口もとは復讐となっていた。ごく小さな細部ももはやあの不屈の精神に通じるものではなく、ひとつの意志のもろくはかない結果に過ぎなかったのだが、その意志は自らの影響そのもので歪み自壊するほど張り詰めており、ついになし遂げたというあの感覚から、おおよそ同じという印象を逐一否定する個々のズレが力強くも曖昧に再浮上するにつれ、しだいにその意志は消えてゆくのだった。もはや画家は一瞥するだけで世界と己を把握することはなく、ただ欺瞞と粗雑な偽造が、でたらめに怪しげに揺れ動きつつ、曖昧なまま保たれているだけで、画家は綻びた真理を司る下劣な悪魔、組み立ての下手な造物神に過ぎず、その組み立てがあまりに不安定なため、どうにか混沌から抜け出せてもすぐさま元の混沌に陥ってしまうのだったが、それは、犯した失敗、なかば意図的な過ち、超え出たことを実感している限界、それらの情け容赦ない力によるものだった。丹念な光の配置、見事な平面構成、道具の冴え渡る駆使——ジェッソ・ドゥーロのための石膏と糊、絵の具皿、草と土、パレットナイフと刷毛、ぼろ切れ、素描や試し描き、クレヨン、木炭、パステル、地塗り塗料、油、ニス、庇とルーペ、ステッキ——それらのことも、企ての虚しさを際立たせるだけであった。画板の中央には冒瀆的な自惚れが露わになっていた。いまや誰もいない工房に残されていたのは完全なる失敗であった。

「参ったよ、ストレーテン。もう何も分からないんだ。すべてはとてつもない無駄だった。何もかも失ってしまって、ありとあらゆるものが崩れ去り、僕には何も残っていないような気がするんだ。自分が何をしたかったのか分からないし、今どうなっているのかも分からなくなってしまった。物事があまりにも急激に起きたので、とてもついていけないといったふうだ。まるで他にやりようがなかったかのようで、すべてがぼくを置き去りにして起こったみたいだ。分かるかい？」

「君は何がしたかったんだね？　何を求めていたんだ？」

「分からない……断ち切りたかった……きっぱりと。すべてを破棄するんだ。自分のしたことを一切残さないように……」

「まさに君はそうしたじゃないか……」

「そうだな……でも分からないんだ、なぜそれだけがやるべきことだったのか……大笑いすべきだったのになあ、一息ついて救われるはずだったのに……いや違う……何の意味もなかったんだ。まったく無償の行いだった。何とも言いようがない。余計な行為、余分な一歩だった。もっと手前で止めておくべきだったという気が……でもマデラの死には何らかの意味がなければならなかった。しかし、あの行為を理解可能にしようとすると、ますます何もかもがめちゃくちゃになってしまった……僕は工房の壁に穴を掘っていたが、理由は分からなかった。生命の危険があると思っていたが、実際には違った。オットーは僕を殺さなかっただろうし、リュフュスがやって来たとしても、おそらく僕を警察に突き出すことはなかっただろう。ということは僕がやってたことは何もかも馬鹿げていたのさ。僕がやってきたことは何もかも。マデラを殺したことだけじゃなく、何年も前からやってきたことすべて。もうなにも分からなくなって、すっかり取り乱していたんだ。心の中でつぶやくことができたのは、つまらぬ励ましの類か地口だけだった。あるいはばかげた疑問だけ。小さなことにとらわれて大事なことが見えなくなっていた。ただひたすら自分をあざ笑ったかと思うと、すぐまた我が身を嘆くのだった。つかの間、くだらないことが原因でふさぎこんでいたのに、次の瞬間には何もかも愉快でたまらないと思うのだった。それから外に出て走り始め、道路にまでたどりつくと歩き出した。すると突然、真夜中の道路上で、孤独を実感した。意味が分からなかったよ。僕の知らないこと、決して知るはずがないと思っていたことだった。突然のまったく説明不可能な孤独感。独りきりでいる怖さ。しかもそれが一晩中続き、翌日も、その後も続いたんだ。自宅でも、汽車の中でも、スプリトまでの船の中でも、さらに汽車の中で一晩中、ここに到着するまでずっと。分かるかい？　よくある孤独じゃない。アヌマスでのジェロームみたいな孤独、完全な、容赦ない孤独なんだよ。だって僕はもう何も頼れず、何も分からなくなっていたんだから。これからどうやって生きるか、何をすべきか、日々をどう過ごすか、誰に会い、どこで暮らすのか。すっかり道を見失っていた。すっかり途方に暮れていたんだ……」

「で、今は？」

「今も変化はないよ、ちょっと落ち着いたけど……気楽になっただけだ……」

「ここで生きていくのか」

「たぶん……仕事が見つかるなら……いや、いいんだ。さしあたり数カ月は働かずにすむだけの金はあるから」

「また贋作をやるのかね？」

「いいや。それはない」

「どうして？」

「さあ……だってなにもかも当然の成り行きなんだから……僕が贋作者にならなかったら、ああいうことは一切起きなかったはずだよ……」

「どうして？」

「さあ……明らかだよ……」

「明らか？」

「ああ……ほとんど明らかだ。贋作者は職業じゃない。むしろ歯車だ。中に取り込まれて溺れちまう。それでもまだいろんなことができると思うものの……だんだん抜き差しならなくなって。できることなんてなくなっている……説明しづらいな……なんというか……ずっと同じ事をくり返して、絶えず同じ道を踏査し、絶えず同じ罠に遭遇するわけさ。何かを克服しているつもりでも、その都度少しずつ沈み込んでいるんだ。決して自分自身を捉えることはない。その都度誰か他人になっている。そのくり返し。果てしなく。いつの日かまったくの複製以外のことができるとも思えずに。何の役にも立たず、何にも到達しない行為だった……」

「君はそれで食べていたんだろう……」

「もちろん……ジェローム も、リュフュスも、マデラもそのおかげで食べていたんだ。でもそんなことは理由にならない。そんなことに意味はなかったんだから……」

「それを選んだのは君なんだぞ……」

「僕が望んだのさ、確かに……当時の僕に何が分かっただろう？　もう十二年贋作者をやっている。十二年間まがい物を作り続けてきたんだ……」

「マデラを殺したのはこれ以上贋作者を続けたくなかったからなのか？」

「そうだとも。それもあったし他の理由もあった。とりわけそれが理由だったが、だからなんだというんだ？　何にも分からないんだ……奴を殺した、ただそれだけだよ」

「それじゃ単純すぎるぞ。殺しながら何かを考えていたはずだ」

「なんでまた何かを考えていたなどと？　何も考えていなかったような、あれこれ考えていたような……分かってくれよ……あれはまともなことではなかった……やりたかったことではなかった。ただやったというだけのことなんだ。そのことを考えてはいなかったし、一度たりとも考えたことはなかった……なんと言えばいいのか……義務みたいなもので、やらないとは言えず、もはや断りきれなかったんだ。究極の解決策のようなというのか、これしかやれることが残っていなかったというか……」

「どうして？」

「奴が目の前にいたし、うんざりしていてもう限界だったし、これ以上は一切我慢できなかったから……簡単なことだと誰もが思うんだ……万事うまくいくはずだと……お決まりの解決、ハッピーエンドが待っていると思うわけだ……ところが違う……何ももたらされない……何でもいいからやってみる……理由も分からず……ところがしばらくすると、そいつが背後からお前にしるしをつけ、無視できなくなるんだ。その正しさを言い募り、自分がやったのだと主張しなければならなくなる。受け入れるということだ」

「そいつとは何だね？」

「なんでもいいのさ。たとえば〈傭兵隊長〉。クシュタートから真夜中に戻ってくることでも。あるいはマデラの死でも。この十二年間に僕がやったことならなんであっても……あまりにも安易だったが僕は幾重にも護られて生きてきた。誰にも報告する必要はなかった。つねに名を伏せて、つねに無邪気で。そして失敗だ。今ではすべてをやり直し、説明しなければならない。ほんのささいな行為、選択、決定まで。生涯で初めて何にも護られていないのだ。もう言い訳はできない。十二年の間、僕にとっての問題はひたすらこれから取りかかる贋作に関わるものだった。だが今では自分に罪があるのが分かるんだ……」

「何の罪が？」

「何であれ……マデラの死や自分自身がしてきたことの……剃刀を手に奴の背後に回り込み喉を掻き切った罪。理由を知らず知ろうとしない罪。出口のないあの企てに引きずり込まれ、もっと早く理解しようともせず、出来事の流れを変えようとしなかった罪……どうして僕に分かるだろうか……ある時、すべてが一気に崩壊し、目の前に存在するのはマデラの死だけになった。というのも、いたるところですべてが失敗してしまい、復讐せねばならなかったからだ！」

「マデラに対して？」

「マデラに対して。誰彼構わず。奴に対してというのは、誰かが報いを受けねばならなかったからだ。何年も前からリュフュスとマデラが僕の境遇を保証していて、そこから逃げ出したくなることは何もしなかった、それどころか、全力を尽くして、僕が何一つ不自由なく安心できるようにしてくれた。で、奴らは僕に頼って、僕の仕事と夢に頼って暮らしていたのさ。何年も前から奴らは僕の活動に介入し、人知れず暮らす心地よさをあおり立てていた。僕が抱いていた馬鹿げた欲望、無数の仮面をつけて死者たちの遺産に隠れて暮らすという、ただそれだけの欲望をかき立てていた。何年も前から奴らは僕を助けようとはせず、ひたすら抜き差しない状況に追いこみ、僕が沈んでいくのを眺めていたのだ……」

「どうして沈んでいたんだね？」

「僕は偽りの世界に生きていたんだよ、ストレーテン。狂った世界に生きていたんだ。しじゅう美術館や工房で時間を過ごしていた。時間をかけて、かつて他の人がより巧みになし遂げた行為を精密に研究しており、似たものには到達できるという思いはつねに報われてきた。分かってくれよ。僕は存在しないも同然だった。ガスパール・ヴィンクレールという名には何の意味もなかった。どこの警察も僕を追ってなどいなかったし、誰一人僕の正体を知りはしなかった。僕には祖国も恋人も目標もなかった。年に一度ジュネーヴ美術館で本物の美術作品を修復していた。その他の時期は病気ということになっていた。僕の金がどこから出ているのか、誰も知らなかった。表向きはリュフュスのギャラリーの修復作業で報酬を得ていることになっていたが、ケーニヒ・ギャラリーの絵画に修復の必要がほとんどないことは周知の事実だった。僕は世界最高の贋作者だった。誰にも贋作者だと知られていなかったのだから……それだけだ。それで十分だ……」

「沈むのに十分だというわけかね？」

「死んだも同然となるのに。僕の存在を誰も知らないのだから、成功するのは間違いなかった。それが十二年続いたわけだ。どうして十二年だったのか、それは分からない。どうして十二年で、ジェロームみたいに一生涯ではなかったのか、それは分からない。だが十二年経つといい加減うんざりしてしまったのさ。何しろ精魂尽きはてていたんだ。もう我慢できなかった。自分だけの功績が欲しかった、自分だけの人生が欲しかったのだ。だが詮ないことだった。そうはならないように、出口がなくなるように、僕はあらゆる手はずを整えていたのだから。そうなんだ、自分が仕掛けた罠にはまっていたのさ！　やり直す手立てはまったくなく、断ることも新規蒔き直しをはかることももはやできなかった」

「どうして？　難なく断れただろうに、リュフュスやマデラのために働くなんて……」

「いいや、そうはいかなかったんだ。僕だって断りたかったさ。何度も断る決心をした。でもできなかった」

「だからどうして？」

「さあ……」

「断ろうと決めたのはいつなんだね？」

「最初は二年前の九月だった。君の工房を離れてすぐだよ。今でも覚えているけど、パリに戻る飛行機の中だった。ずいぶんと遅れていた。到着は誰にも知らせていなかった。ジュヌヴィエーヴにも。できるだけ早く戻ってきて、と十日ほど前に頼まれていたのに、返事すらしていなかった。飛行機はジュネーヴに寄航したのでジュヌヴィエーヴとリュフュスに一通ずつ電報を打っておいた。ジュヌヴィエーヴは飛行場に来ていなかった。僕はリュフュスの後について行った。これ以上仕事はしないとたった今決めた、奴にそう言うべきだったが、僕にはできなかった。リュフュスの家でカクテルパーティーが開かれた。リュフュスが僕をマデラに紹介したんだ。マデラに会ったのはそれが最初だった。僕はマデラの存在すら知らなかったが、後に分かったところでは、実際には彼ひとりで事業を取り仕切っていて、リュフュスはただ命令を実行するだけの隠れ蓑に過ぎなかったんだ。マデラは僕に取引を持ちかけてきた。何も答えずにいると、リュフュスがやって来て応じるようにと言う。やりたくないと返答しかけたが、まずジュヌヴィエーヴに話そうと思ったんだ。いまだになぜかは分からないものの、ジュヌヴィエーヴはやって来た。こちらを見ようとしない。僕もあちらを見ない。話しかけることはできなかった。しばらくすると彼女は再び立ち去った。翌日僕はマデラに会いに行った。マデラは机からベルナルディーノ・デ・コンティによるキリスト画の小品を取り出し、なんでもいいのでルネサンスの作品を作ってほしいと頼んできた。やると答えたよ」

「どうして？」

「さあね。他にどうすればよかったんだ？」

「じゃあなんでやめようと決心したんだね？」

「ジュヌヴィエーヴに喜んでもらいたかったのかな。でもそんなに固い決意だったわけじゃない……」

「マデラの申し出を受けるのが嫌だったのか」

「いいや。嫌じゃなかったね。面白くもなかったけど。その時はまったくどうでもよかったんだろう。あの頃はすべて投げやりになってたように思う……」

「ジュヌヴィエーヴのせいなのか？」

「たぶん……分からないけど……たぶん彼女のせいで……あるいはぼくのせい……」

「どうして君のせいなんだ？」

「なんとなく……僕の態度が真面目なせいか……契約や約束を軽んじたせいなのか。交わした直後の飛行機の中では厳粛に受け止めていたんだが……」

「卑屈になっていたのかね？」

「そうじゃない。卑屈になるには自己批判から始めねばならなかっただろうが、僕にはその意志も可能性もなかったと思う。そうとも、そんなことはどうでもよかった。ずっと簡単なことだったのさ。僕はずっと家にいて、デ・コンティの絵を眺めていた。どんな作品ならこれに代わりうるか漠然と考えていたんだ。それだけだよ。そんなふうにして一週間ほど過ごした。ときおりベネジットの芸術家事典をめくって、よさそうな画家を探し六人ほどの名をメモした。いずれも、ダ・オッジョーノ、ベンボ、モロチーニ〔原文は Morocini だが、該当する画家は見当たらない。Gian Battista Moroni は実在するが、それなりに評価の高い画家である〕のような、あまり知られておらず面白くもない連中だ。そんな時、マデラが電話してきてダンピエールに働きにこないかと言ったんだ。そして一億五千万の値がつくような作品を作ってくれ、と。ぼくはなるほどと思い、数日後に返事をすると約束した……」

「ダンピエールで働くのは気にならなかったの？」

「いいや。べつに……」

「彼はどうしてダンピエールにこだわったんだろう？」

「さあ……リュフュスを少し警戒していたんだろう。今度のはずっと大きな仕事だったから。それもあって、いつものように姿を隠すのではなくて、自ら姿を現したに違いない」

「最初の晩にマデラが言ったのかね、他よりも大きな仕事だって」

「いや、奴は詳しいことは何も言わなかった。他の仕事に通じていたとも思えないしね……」

「一億五千万の絵を頼まれた時、画家の名は指定されなかったのかね？」

「ああ。アントネッロ・ダ・メッシーナを選んだのは僕なんだ」

「どうして？」

「最初は特別な理由はなかった。一四五〇年から一五〇〇年までの画家で、要求された値に達しうるのはアントネッロだけだった。しかも画板の材質やらジェッソ・ドゥーロの消しがたい痕跡やら顔料やらのことで間違いを犯す危険もあまりない。というのも、アントネッロは今日よく知られた画家に違いないものの、その生涯にはいくつかの謎があり、作品の鑑定もしやすい等々で、なによりその作風は真似しやすい。ダ・ヴィンチ、ギルランダイオ、ベッリーニ、ヴェネジアーノよりずっと良かった。それにまた別の利点もあったんだ。パリにあるのは《傭兵隊長》だけだが、アントネッロの絵はほぼヨーロッパ中にあるんだ。マデラに電話したところ、アントネッロでよいとのことだったので、ヨーロッパ周遊の資金を出してくれるよう頼んだ。それが認められたので、二カ月間逃げたのさ」

「逃げたかったのかね？」

「その点だけは好都合だった。もう戻らないと電報を打ちたくなったことが二、三度あった。でもそうはしなかった。各地のアントネッロを子細に研究した後、ダンピエールに行って仕事を始めたんだ。一年半の間……」

「なんでまた、そうやすやすとすべてを受け入れたのかね？」

「すべてとは？」

「止めようと決心していたのに新しい仕事を引き受けたり、ジュネーヴに自分の工房があるのにダンピエールに居を構えたり、安値の連中を選んできたのに一億五千万のやつを手がけたり……」

「新しい仕事を引き受けたんだから、他のあれこれを断る理由はなかったのさ。贋作の制作を引き受けた以上、アントネッロよりダ・オッジョーノを作りたがる理由はないと思うが……」

「アントネッロの方がより手間がかかるがね……」

「僕はたぶんそれを求めていたんだ……引き受けた以上、徹底的にやるべきだろう？」

「徹底的にやったのかね？」

「自分なりにね……」

「アントネッロを選ぶことによって？」

「正確に言えば《傭兵隊長》を選ぶことによってだ……失敗するやり方の一つだね……」

「どうして？」

「パリに戻ると、僕は新しいやり方で仕事をしようと決心した。それまでは、他の贋作者、ファン・メーヘレン、イチーリオ、ジェロームと同じように仕事をしてきたんだ。誰かの絵を三、四枚取り上げ、ほぼ全体からさまざまな要素を選び出し、よく混ぜ合わせ、ひとつのパズルを作り上げていたのだ。でも、アントネッロについては、このやり方はうまくいかなかった。最初のうちは、アントネッロを表面的に理解していたせいで、先入観みたいなものを抱いていたとも言える。厳格さ、執拗なまでの正確さ、背景の素っ気なさ、イタリア風というよりフランドル風の作風など。主題が見事に制御されていると言えるし、より正確には、制御が主題の絵画だとも言えるだろう。いささかの曖昧さもなく、視線にも仕種にも一切揺らぎはなく、つねに均衡と力が明確に現れている。デ・コンティの大きさなら肖像画を描くほかなく、《傭兵隊長》しか考えられなかったんだ。だが、アントネッロの手になる肖像画であれほど力強いのは《傭兵隊長》だけだと言っていい。他はどれも及ばず、やや生彩や力強さに欠けるのだった。パズルを作るための手がかりはまったくなかった。肖像画が一枚あるだけで、その他の絵はこれと比べるとほとんど素描か下塗りに過ぎなかった。みな《傭兵隊長》を予告していただけだった。パズルを作ることはできなかった……」

「さっぱり分からんね……それらの下塗りからパズルを作ることはできただろう？　君の言い方なら、《傭兵隊長》を予告する別の肖像画を描けただろうに」

「そんなことはどうでもよかったんだ……」

「どうして？」

「さあ……こんなことを思いついた……《傭兵隊長》をもとに自分自身を作り上げようと。同じレベルだが別物の、もうひとつの〈傭兵隊長〉を」

「失敗するやり方の一つと君が言うのはそのことなんだな……」

「ああ、そうだとも……かつて一度きりしか存在しなかったものをたったひとりで探しに出かけるということだ……」

「どうしてそんなことをしたんだね？」

「別にいいじゃないか。失うものはなかったんだ。失うものはないと思っていた……うまくいっていれば、途方もない成果になっていただろうが……」

「失敗だったと？」

「失敗だった……」

「なぜ？」

「ありとあらゆる原因で……準備ができていなかったし……能力不足でもあった。自分にはまったくふさわしくないものを、自分にとって存在していないものを探していたんだ……僕が厳格さと言っているものは、誠実さと言ってもいいだろう……僕はあの顔を理解できていたのだろうか、あの制御を理解できていたのだろうか。さっぱり意味が分からなかったのだ。僕は遊び半分に画家の真似事をしていたんだ。ところがアントネッロはふざけていたわけじゃない。僕が二足す二とやる限り当然四となった……だが、自分ひとりで足し算をしようとしても仕方がないと気づくべきだったのさ……」

「よく分からないことを言うね」

「そりゃあ分からないだろうよ！　誰にも分からない、僕にさえ……もし分かっていたならやろうとはしなかっただろうが、もし分かっていたなら、ジュヌヴィエーヴに頼まれ次第戻ってきていただろう。もし分かっていたならけっしてジェロームについて行きはしなかっただろう。もし分かっていたなら疫病神のようにマデラを遠ざけていただろう。もし分かっていたなら奴を殺しはしなかっただろう……だが僕にはまったく分からなかったのだ。ひとりきりで最後まで道を行かねばならなかった。誤りを重ねざるを得ず、何かをするごとに、言うごとに、画布に筆をおろすごとに、スプリトの宝物庫の槌を振りおろすごとに、代償を払わねばならなかった……最後まで僕は自分の影と戦ったのだ。最後まで正しい道を進んでいると信じようとし、論証を、試行を、逃避と帰還を繰り返した。もと来た道を引き返した。もはや何の意味もないのに描いたのだ……それは分かっていたが、それでも続けていた。うまくいかなかったが、打開策が見つかるはずだと思っていた。だが打開策がないとしたら？　何から何まで腐っていた。一方を補強すると、他方が崩れていた。どんどん、どんどん、どんどん崩れていくのだった……そしてある日終わりが来た。すべきことはなくなり、家は僕もろとも燃えてしまった。何も残っていない。また使えそうな残骸すら。僕は理解しようとした。すべてを、自分のごくささいな行いまでも理解しようとした。だが、総決算はすぐになされた。ゼロ足すゼロ。それだけだ。成果なしの十二年。ゾンビ生活の十二年、ファントマ〔一九一〇年代から三〇年代までフランスで人気を博した大衆文学の主人公。覆面盗賊〕の十二年。まったくなにもなし。道のりの果てに現れたのは、ルネサンスの傑作ではなく、十二年間努力すれば作れると思った肖像画ではなく、僕がぜひとも作りたかった唯一の肖像画ではなく、つまり、静謐、精力、均衡、世界の制御を体現する肖像画ではなく、仮装したピエロ、男盛りの道化師、顔をひきつらせて不安げな、途方に暮れ、打ちひしがれた、徹底的に打ちひしがれた道化師であった。それだけ。それで十分だ。まるで強烈なびんたを食らったかのようだった。それで返事をしたんだ」

灰の中から再び姿を現したのは、顔が歪み崩れた男、打ちひしがれた男であり、もはや征服者ではなかった。スポットライトを浴びる、常軌を逸し錯乱した男、それが〈傭兵隊長〉だった。もはや澄んだまなざしも輝かしい傷跡もなく、ただ偽りの支配がもたらす不安げな緊張があった。もはや人間ではない。暴君だった……。

お前は何を求めていたのか。何を望んでいたのか。数世紀の時間から自分自身の似姿を引き出すことなのか。十二年のあいだ技法の経験を積んだ後、紛うことなく自分の力で傑作を生み出すことか。そんなことは不可能だと、何の意味もないと、お前には分からなかったのか。まあよい。お前はつまらぬ野望に取り憑かれていたのだ。要するにお前は自分自身を、世界を、思うままに動かそうとし、逆らいがたい高揚を感じつつ、巨匠たちと同じく統一性を目指していたということだ。かつてホルバインやメムリンクが、クラナッハやシャルダンが、アントネッロやダ・ヴィンチが、それぞれに、同一かつ多様な経験から出発して、同じやり方で、まさに自らの創造を乗り越えることによって、整合性に到達し、必然性を見出したように。で、そのあとは？　あのまなざし、お前のものではなく、決してお前のものではありえないだろうあのまなざしのとりこになって……〈傭兵隊長〉を描くためには、彼と同じ方向を見つめることができなければならない……あの直接的な勝利を、全能の目印を、大成功をお前は求めていた。剣のように澄んだあのまなざしをお前は求めていた。お前は忘れていたのだ、お前より前にひとりの男がそれを見出し表現していたこと、それを乗り越えつつ説明し、説明しつつ乗り越えていたことを。同一の運動において。絵画の勝利か勝利の絵画か。こんな牛みたいな顔に、見事な馬鹿面に、とてつもないヤクザ面にお前はだまされたのだ。だが、お前がなすべきだったのは、この人物、要するにせいぜいが垢抜けた野蛮人に過ぎないこの人物が、大胆にも切り結んでいた世界とのつながり——しかも相当に単純化されていたつながり——を、単純かつ力強いかたちで回復させることだったのだ。お前にそれが理解できただろうか。この傭兵が当代きっての画家のひとりに肖像画を描いてもらおうなどと思い立ったことが、お前に理解できただろうか。お前に納得できただろうか。この男は、留め金の外れた胴衣や適当に結ばれた飾緒など、人目をひくようなだらしない格好はせず、なんともありふれたチュニックを身にまとっているだけで、飾りといえばほとんど目立たぬ螺鈿のボタンだけなのだ。お前に理解できただろうか。頸飾も記章も毛皮もなく、襟はほとんど目立たず、チュニックに折り目はなく、縁なし帽はまれに見る厳格さをたたえていることを。お前は分かっていたのだろうか。身なりのこの素っ気なさ、ほとんどあり得ないようなつつましさのもたらす直接的な結果として、〈傭兵隊長〉の人物像が顔だけで表現されねばならなかったのだと。まさにそれこそが問題であった。目、口、小さな傷跡、あごの筋肉のこわばり、そういったものだけで、お前が取り組んでいる人物の社会的地位、来歴、信念、流儀が、いささかの曖昧さもなく表現されていた……

お前にはいかなる助けもなかった。晴れやかに輝くこの顔に、この顔だけに対峙していた。世界最高の贋作者よ、お前はこの顔を新たに作りなおさねばならなかったのだ。手練手管を弄することなく。同じ身なりの簡素さに、同じ顔の晴れやかさに、お前は到達せねばならなかった。身がすくむ思いもしただろう。お前の絵に内在する均整や論理が問題となることはなかろう。技法、それもこの上なく厄介なジェッソ・ドゥーロの技法ですら問題ではない。だが、あのまなざし、あの唇、あの筋肉はどうか。あの顔色は？　あの静謐さは？　穏やかに勝ち誇ったあの風情、威圧感なきあの剛毅さは？　あの存在感は？　つくり出さねばならなかった。だが何をもとにつくり出すのか。

お前の努力を世界中が見ていたのだろうか。うまくやること。だが何をうまくやるというのか。時間は容赦なく流れる。いまだかつて誰もやろうとしなかったこの飛躍、誰も踏み越えようとしなかったこの敷居。とてつもない野心。とてつもない誤り。大がかりな再利用計画。この顔の中にお前の人生の大部分を注ぎ込もうとすること。調和のとれた帰結。必然的な帰結。可能なものの世界が、仮面を超えて、遊戯を超えて、ついに開かれるのだ。あの男の顔を見出したいという野心がゆっくりと画板から浮き上がってくる、彼の力を、確信を、強さを見出したいという野望が。彼の役割をも。お前は正々堂々と戦おうとしていたのか。だがお前は細工をしていたではないか、知らなかったというのか。お前は勝利を求めていたが戦うつもりはなかったのだ……そのような大成功を求めるとは、お前は何様のつもりだったのか。

複製、マイクロ写真、X線写真をお前は積み重ねていた。アントワープの〈磔刑図〉、ロンドンの〈聖ヒエロニムス〉、ウィーンの〈男の肖像〉、ジェノヴァの〈男の肖像〉、ミュンヘンの〈受胎告知〉、〈ユマニスト〉または〈詩人〉と言われる、フィレンツェの〈男の肖像〉、ベルリンの〈若者の肖像〉、ミラノの〈老人の肖像〉、ロンドン・ベアリング・コレクションの、〈赤い帽子を被った男の肖像〉。それらがお前の頭に渦巻き、眠りを妨げ、どこまでもつきまとったのだ。だが、結局最後には何も見出せなかった……幻影に命を与えることができただろうか。

お前には何も分からなかったし、今も分かっていない。お前は自分の知識にすがろうとしたが、何かが、お前の中で、前で、後ろで、前進を阻んでいたのだ。ダンピエールの工房でお前は一人きりだった。いかなるファン・アイク〔アントネッロ・ダ・メッシーナが影響を受けた画家のひとり。一五七頁を参照〕も進むべき道を示してはくれなかった……

「君はどうして贋作者になったんだね」

「なんとなく……僕は十七歳だった。戦争中で、スイスにいた。休暇中だったんだ。学校時代のほとんどをすごした寄宿舎を出たばかりだった。僕はぶらぶら歩きまわっていて、ベルンでジェロームに出会ったのだ。僕らはそれなりに親しくなった。ジェロームは画家だった、少なくとも僕はそう思っていた。僕はなんとなくジュネーヴの美術学校に行こうと思っていたこともあり、数日間一緒に過ごすことになった。ひとりで退屈していたのだ。彼は車を持っていて、いろんなところに連れ出してくれた。僕らは絵画の話をした。彼はいろんなことを知っていたが、僕は何も知らなかった……そんなことがものをいったわけだ……一週間ほどして彼は僕を指導しようと言いだし、僕も承知した」

「どうして？」

「面白そうだったから……」

「何が面白そうだったんだ？」

「学びうることのすべてさ……そこらの学校よりもはるかにいい教育が受けられるはずだと思ったんだ」

「ジェロームは自分が贋作者だと言っていたのかね？」

「ああ」

「気にならなかった？」

「べつに……どうして気になることがある？　むしろ面白がっていたように思うよ……」

「どうして？」

「秘密がもつ魅惑みたいなものを……」

「君は今でもそれを信じているのかね？」

「今は信じていないとも……でも十七歳ならおかしくないだろう？　いろんな問題を解決する手段のひとつだったんだ……」

「どんな問題かね？」

「そりゃまあ、いろいろあるさ……家族のもとに戻るとか、そんなようなことだが……生活を安定させるとか……」

「君はスイス人なのかね？」

「いや……戦争のため、一九三九年に両親がスイスに行かせたんだ。チューリッヒで銀行家をしている友人と話をつけて、僕の寄宿代を払ってもらい、こづかいも出してもらうことになって……」

「ご両親は何をしていたんだね？」

「事業だと思うよ……両親のことはすぐさま考えなくなってしまった……」

「どうして？」

「なんとなく……いや、両親はとても優しかったんだよ……時には手紙も……三、四年の間……二人はフランスから出られずにいたが、その後バミューダ諸島に、そしてアメリカに逃げることができた……一九四五年に両親は僕の行方を捜させた……列車の乗り継ぎの際に僕は両親と会った……当時僕はジュネーヴに住んでいたんだ……彼らについて行くのは嫌だと言うと、それ以上強くは言われなかった。ほとんどこれだけのことなんだ」

「ご両親はご存命かな？」

「たぶんね。元気にしていたし、変化があったと考える理由もないから……」

「パリで暮らしているのかね？」

「おそらく……本当のところ何も知らないんだ。手紙を書かなくなって十四年になる……」

「一九四五年には君はまだ未成年だった……」

「ああ……話し合って決めたことなんだ。お互い何の借りもない……」

「ここではなくてご両親のところへ行くこともできたのでは……」

「僕が来て迷惑なのかい？」

「そうじゃなくてただ訊いただけさ……」

「もちろん……彼らのところに行くわけがない……何の理由もないのに……想像してみてくれ。あちらに着くなりこう言うのか、『人を殺しちまったんだ。泊めてくれよ！』」

「そしたらご両親はどうしたかな？」

「さあね、どうでもいいよ……そんなことはまったくどうでもいいんだ……」

「そうかもな……ジェロームと働くことになった後、何があったんだね？」

「ジュネーヴに戻ってきたんだ……二年間彼と働き、絵を描くのを手伝った。いろんなことを学んだよ。美術史、美学、絵画技法、彫刻、版画、石版画。来る日も来る日も十五時間近く……」

「そんなに面白かったのかね？」

「だろうね……」

「何が面白かったんだ？」

「やることすべてだよ……なぜかは分からないけど……理由はどうでもいいんだ……興味がなかったらやらなかっただろうが、すべてが僕の関心を引くようにできていた……」

「その後は？」

「二年経ってニューヨークのロックフェラー研究所に向かった。一年いて、修復士の免状を取って戻ったんだ。それから、ルーヴル学院に入学するため、いい加減な主題でいんちき論文をでっちあげた。こちらには証書をもらうためだけに半年ちょっと滞在して、ジュネーヴに戻ってきた。ジェロームが紹介してくれたリュフュスの口利きで、ジュネーヴ美術館の修復助手になったんだ。そこには三カ月いたが、健康上の理由で辞職した。これらの旅行や滞在はすべて口実に過ぎなかった。僕は修復士としてリュフュスのところに戻り贋作を作り始めた。こういうわけなんだ」

「仕事のことはよく分かっていたのかね？」

「ジェロームを補佐したり自分ひとりで作業し始めるくらいには。見習いは四年続いた。結構な長さだよ。その後の五年間は小さなことばかりやっていた。本格的に始まったのはその後なんだ……」

「そのときマデラは？」

「見なかったな……リュフュスが一年前いきさつをすべて話してくれたんだ。彼の言うことを信じるべきだとすると、というのも僕自身も独力でほぼすべてを見抜いていたんだが、ジェロームに助手を見つけるよう言いつけたのも、正式に見習いをさせたり職位を用意したりと、筋書きの概略を描いたのもマデラなんだ」

「どういうわけで？」

「戦争のことを考えていたそうだよ。一九四三年頃には、終戦を予想し市場の活況を予感していたらしい。つまり、絵の需要が大きくなって仕事がやりやすくなると……」

「リュフュスとジェロームはその件を話題にしなかったのかね？」

「しなかった。マデラは完全に姿を隠していたんだ。ニコラやドーソン、スペランザと同じく……ジェロームとリュフュスとは顔見知りだったけど、他の連中のことは、まったくなにも……」

「自分が作っている贋作がどうなるのか知らなかったのかね？」

「リュフュスに納めていただけで……」

「厄介なことはまったくなかった？」

「警察と？　いや……ケーニヒ氏はジュネーヴではかなりの重鎮だ。ギャラリーはヨーロッパで高い評価を受けているし……」

「彼はどうして贋作者をしていたんだろうか？」

「分からない……彼の考えはまったく分からなかった……彼もマデラも金が必要だったわけでは

ないし……リュフュスはギャラリーで大もうけしていたしマデラは大金持ちだったようだ……彼らの富がすべて贋作によって築かれたものだったとしても、僕が始めた頃にはもう贋作を売る必要はなかったはずなんだ……」

「君が作ったものには高い値がついたのかね？」

「初めのうちはだめだった、さほど高い値は……そのうちだんだんと……」

「買い手のことは把握している？」

「いや……個人客だろうけど……南アメリカやオーストラリアの……」

「取り引きはどんなふうに？」

「分からない……リュフュスから発注を受けて、彼に納品していた。描いた絵はしばらくの間ギャラリーの地下室で見かけたけど、ある日消えてしまって二度と話題にのぼることはなかった……」

「支払いはどんな風に？」

「修復士として固定給をもらっていた。税金対策だよ。それに贋作の売り上げ分を歩合給で」

「全部売れたのかね？」

「そう思うけど。いつも支払いはあったし……一枚につき五千から十万スイスフランを……」

「それはどれほどの歩合？　二十五パーセント？」

「そんなところかな……五千フランというのはドガの小品で、十万フランはセザンヌだよ……」

「その金を全部どうしたんだね？」

「べつに……」

「老後のために貯めている？」

「本を何冊か買ったかな……よく買っていたのはそれくらいだった……その他にはパリに一つジュネーヴに一つアパルトマンを買って……何回か旅行をして……」

「そんなに嫌な生活でもなさそうだけど？」

「嫌なことなんてないよ……」

「なにが不満だったのかね？」

「不満はなかった……思うにそれこそが最悪なんだ……何もかもすっかり整っていて万事順調に進んでいた。面白い仕事、金、長い休暇、旅行……」

「何か不満があったはずだが……」

「どうして？　ジェロームはそうやって一生を過ごしたんだぞ……十二年間、何の不満もなかった……素晴らしく単純だったんだ。働いて、報酬を受け取り、休息を取る。どこかの豪華ホテルで三週間、リュフュスから借りたヨットで地中海周遊。戻ってまた仕事をしてと、その繰り返しだ……」

「それでもうまくいかないことがあった……」

「もちろんさ……何もかもうまくいかなかった……」

「うまくいかないことが出てきたと？」

「はっきり示すのは難しいんだが……すべてのきっかけになったのが何だったのかよく考えたよ……でもそんなことをしても意味はない……」

「どうして？」

「さあ……説明すると時間がかかりすぎるよ……これこれの日時に自分が何を考えていたのか思い出さないと……でももう思い出せないし……」

「これこれの日時とは？」

「どの日でも……どの時でも……どの年でも……働いている時間であれ休んでいる時間であれ……何を考えていたか、何をしようとしていたか、どこに到達しようとしていたのか……難し過ぎるよ、まったく……最初は万事順調だった……でもそうじゃなかったんだ……理由は分からないし、どういうことなのかさえ分からないんだが……そうじゃなかった、何かが欠けていた。何かを求めていたのに手にできずに、もはや手にできずにいた……どう言えばいいのか……ある種の……自分との合意のようなもの、和解のようなもの……一致というのか……何かそのたぐいのものだ……決して罪の意識を感じたわけではない……そういうことではまったくない……贋作を作っているからといって後ろめたく思ったことはまったくないんだ……シャルダンの贋作を作るかヴィエイラ・ダ・シルヴァ〔二十世紀フランスの抽象画家。ポルトガル生まれ〕の真作を作るかで選ぶなら、シャルダンの贋作を作るほうがまだましだよ……僕が本物の絵描きだったなら、受け入れてもらえるようなものは描けなかっただろうな……そう確信したのはずいぶん昔のことだ……でも問題はそういうことではない……僕のしていることには何の価値もなかったが、重要なのはそのことではなかったんだ……どう言えばいいのか……僕のしていることはどこにも通じていなかったんだ……ここから脱出するチャンスはまったくなかった……僕に残されていたのはベネジットの美術事典を利用し尽くすことだった。あらゆる画家、版画家、彫刻家……アルファベット順に……ほら、アントネッロ、ベッリーニ、コロー、ドガ、エルンスト、フレマールの画家、ゴヤ……等々だよ……ちょうど子供たちの遊び、同じ文字で始まる大作家、画家、音楽家、首都、河、国を集めるあの遊びのように……というわけだ。くだらない遊びを続けざるを得なかったんだ……」

「おかげで良い暮らしをしていたんだろう……」

「だから？　そうとも、それで暮らしていたんだ……空腹で死にかけてたなら、もちろん続けなかっただろうよ……でも大事にされて居心地が良かったんだ……露骨なもんさ……金の卵を産む鶏、新手のね……彼らは手口をよく心得ていたんだ……」

「なぜ君は被害者ぶるのかね？」

「だってそうだろう。十七歳で騙されたんだ、それで十分だ。あの時のマデラは、あまりに慇懃で下心がありそうだったのに……画家になりたいのですか、こちらへいらっしゃい……」

「十七歳相手ならそれも通用するが……二十歳ではどうか。二十三歳では？　三十歳なら？」

「僕もまさにそう思ったとも……でも僕に何ができただろう？　いったん物事が進み始めてしまうと……」

「そんなことに何の意味がある。断る気力がいっさい湧かなかったとでも言いたいのか？」

「そうとも。断る気力って何を？　断ったらどんないいことがあったというのか。どうやって食っていけたというのか……分かってないね……断ったとも……一週間前に……マデラを殺したのは断るつもりだったからなんだ……マデラを殺したのは他に断りようがなかったからなんだ……」

「安易すぎるよ……」

「安易すぎるか、言うがいいさ！　すべてが崩壊するのを放っておくとは安易すぎる、頭がおかしくなると思うとは安易すぎるって？　僕は何もしなかったんだ、ストレーテン。何もできなかったから何もしなかったんだ……縛り付けられていたんだ、分かってくれ。がんじがらめで。動ける余地はなかった。右にも左にも。ごくわずかしか動けなかった……」

「そんなことが言いたかったんじゃないんだよ、ガスパール。君もよく分かっているはずだ……

後から、マデラを殺してしまってから、他にどうしようもなかったなどと言うのは安易すぎるというんだ。他のことをしようとしてないんだから……」

「君に何が分かるんだ？　断ろうとしたけど、出来なかったんだ……」

「どうして？」

「だって意味がなかったから……」

「マデラを殺すことには意味があったのかね？」

「ジェロームの申し出を受けることに意味があっただろうか。ことはこんなふうに起きた。それだけのことさ。ジェロームと出会い、一緒に働くことにした。それが罠だったんだ。十二年経って罠だったことが分かった。もう抜け出すことはできなかった。それだけのことさ……」

「それでもまだ安易すぎる。どうやって罠だと気づいたんだ？」

「この世の誰しもそうだろうが、僕も幸福を探していた。やはりこの世の誰もと同じように、自分にふさわしい場所を探していた。そしてふさわしい場所を手に入れた。それでも僕は幸せじゃなかったんだ……」

「どうして幸せじゃなかったのかね？　幸せじゃないという気持ちは、日々、どんな風にあらわれていた？」

「そんなこと知らないよ！」

「嘘だ……嘘をついてもしょうがないぞ……君は身の上を語り損ねている……誇張があるんだよ……十六年のあいだ、修行の四年に就労の十二年、君は自ら選んだ世界に暮らす……十六年後、君の言うところでは、すべておじゃんになる……でも、そんなはずはないんだ……何かが動き始めた、何かがすべての口火を切ったのだ。罠にはまるのは結構だが、そのことに気づく理由はまったくなかった。ばかげている。すべてが当然のように進んでいたなら、君は一生贋作者をやっていただろうよ、ジェローム のように……私の言いたいことが分かるかね？」

「もちろん……確かな出発点が、突然の啓示があったと言って欲しいんだろう……でもそれも違うんだよ……日々、何も起きなかった……僕の生活に波乱は起きなかった……事件もなかった……生活すらなかったんだ……そうとも、すべてに筋が通っていたなら、おのれの弱さを認めることは決してできなかったはずだし、自分が動揺していると感じることも決してなかったし、何かに気づくことも決してなかっただろう……僕はただ生きたかったんだ。彼らの意に背いてでも、リュフュスに、マデラに背いてでも、別のものになりたかった、反復者、盗作者、魔法の手を持つ男ではなくて……いかなる時代のどんな人物の何でもありうるものではなくて……」

「『生きたかった』とはどういう意味なんだね？」

「だから何の意味もないんだよ……それが問題なんだ。つい大げさなことを言ってしまったが……生きるなんて言葉に意味はないんだ、贋作者である限り。死者たちと生きるってことなんだから。死者になって、死者と知り合い、誰かに、フェルメールやシャルダンになるということだ。一日を、一月を、一年を、他人になりきって過ごすということだ。ルネサンス期のイタリア人やら、第三共和政下のフランス人やら、カルヴァン派のドイツ人やら、スペイン人、フランドル人やらに。多少ともまとまった出来事からなるそいつの人生に、ちょっとしたディテールを付け加えるということであり、確実にあったと言えそうな二つの出来事のあいだに、あったかもしれない何かを差し挟むことなのだ。ブリュージュに来る前、メムリンクはどこにいたのか。ライン川沿いだろうか。そこで絵を描いていたのか。もちろんだとも。《寄進者を伴う聖母》が一四七七年頃のケルンで制作されていない理由があるだろうか。調べてみると、そう考えても現在の知見と矛盾しないことに気づくのだ。早速ブリュージュの聖ヨハネ施療院に飛んで三週間にわたり《林檎を持つ聖母》や《聖女ウルスラの聖遺物箱》その他を研究する。戻ってきて半年後には、ケルン近郊の廃屋めいた修道院の物置で、マリー・モレル〔二十世紀フランスの女性画家〕によく似た聖母像が見つかる。それから、国立美術館の重鎮とブリュージュ市長マルタン・ヴァン・デル・ナントカとまた別の寄進者のいずれともつかない寄進者像が見つかる。こんな具合に事は進むわけだが、これには何の意味もない……だが半年間、夜も昼も寝ても覚めてもハンス・メムリンクに、なんならメムリーヌに成りきって……この画家の身になって、彼がたどった道をさかのぼったのだ……ガスパール・ヴィンクレールなぞ知ったことか……十二年間ずっと同じだった。辛くはなかった、嫌ではなかった、夢中だったと言ってもいい、わくわくして最高だった……でももう耐えられなかったんだ……分かってくれ、毎日毎日真似するばかりだった……どんな画家の生活にも無為な時間、むだな時間、空白の時間があり、あやふやな日付、ある程度どうにでも解釈できる資料があるから、それっとばかり、画家のぼろ着をまとうわけだ……こんなことをしてもむだで、余計な用心だった。たいていの場合、買い手たちはリュフュスやマデラや販売担当の言うことを信じていたから。客がその気になれば真贋を確かめることもできたはずだが、それでもうまくいっただろう。ゲームの規則はよく心得ていた。危険は一切冒してなかったし、文献や情報カードも備えていて、必要とあらばどこを調べればいいのかも分かっていた。修復士として僕には古文書を参照したり美術館の中を調べ廻ったりする権利があった。それでも最終的には、儲けを出すにはいたらなかった……僕はあらゆる不確実要素の必然的総和だった……十四番目の客〔西洋では十三という数を忌むため十四人目の客を歓迎することがある。縁起をかつぐだけの無駄な存在という意味か〕よりはよほどましだ……僕はちょうどいい時に来て隙間を覆いかくしたというわけだ……でも僕自身の人生は……僕は野心家……ですらなかった……あらゆる用心はしたものの、それでも僕はガスパール・ヴィンクレールだったんだ……何か他のものを必要としていた……そのことでは誰も僕を責められまい……」

「何が必要だった？」

「僕自身であること……」

「君自身であるために何をする必要があったのかね？」

「分からない……だからこそ罠が仕掛けられたんだ……僕自身なんて、考えることはなく、どうでもよかったんだ。僕は手であり言われたことをやるだけだった。僕が携えてきたのは、辞書、資料カード、絵筆に絵の具皿だけ。だが、人生のいつの日か、いつの晩か、仮面をとることができ、贋作者以外のものになりたいと思っていたんだ……仮面は僕にぴったり張り付き、どこまでもつきまとった……どちら様ですか。私は誰でもありません、私はどこかの誰かです……」

「そう望んだのは君だろう……」

「ああ、僕が望んだんだ、それも全力で……消え去りたい、姿を消したいと思ったんだ……ごく普通の人間になって最後には誰でもない存在になりたいと思っていた。無数の仮面に隠れて身を守り、近寄りがたくいささかも動じない存在になりたかった……で、どうなったか。やり過ぎてしまったんだ……成功しすぎてしまったんだろう。うまくいかない領域が残っているべきだったのに……」

「どんな領域が？」

「僕はミラと会ったんだ。会うべきじゃなかったのに……彼女が会いに来たわけじゃない。会いに行ったのは僕の方なんだ。それがそもそもの間違いだった……贋作者であるということは、つまりすべてを他人から得て、自分のものは何も与えないということなんだ……僕はミラに何も与えなかった……気に留めず、無関心のままでいた。それが当たり前だったんだ。僕は彼女に向かっていった。彼女も僕の方に近づいてくれた。自分なりの仕方でゆっくり事を進めていた。いったいどうして道を踏み外してしまったんだろう。彼女は去ってしまった。寂しい思いをした。それから？　当時僕は〈スプリトの宝物庫〉の作業をしていた。よく働いたよ。それだけだ」

「深刻な事態だった？」

「いや。深刻なはずがないだろう？　ほとんど当たり前の……ほんのわずかな進路の誤りだった……僕はミラを愛していたのだろうか。分からない。考えてみたこともないんだ。僕は絵画や美術書を愛していた。来る日も来る日もバルドヴィネッティ〔十五世紀フィレンツェ派の画家〕の贋作を描いて過ごすのが好きだった。僕が好きだったのはそんなことなんだ……意味のないことだった。でも意味がないことが分かってなかったんだ。そういうことだったのさ……」

「それで？」

「それで何もなし……何事もなかったように物事は続いていた……ただ、僕を守ってくれていた壮麗な象牙の塔に、ごく小さなひびが入ったのだった……ある晩僕はミラに会いに行こうとした……でも出来なかった……ミラが僕のもとを去ってから二週間が経っていた。何も言わずはっきりした理由もなく、ただ彼女が期待していたものは僕には与えようのないものだったせいで……ただそばにいるだけでよかったんだろう……ミラに会いに行けなくて退屈した……街に出て映画館で宵を過ごした……そんなこと僕はめったにしなかったのだが……退屈だった……映画の途中で出てバーに入った。飲んだとも。おそらく飲み過ぎた……通りを歩き出し……マドレーヌ寺院のあたりで女の子を拾って家まで連れ帰った。翌日には思ったよ、馬鹿なことをしたもんだ。家でずっと仕事をしていればよかったのに。その後の晩はそうしたけどね」

「熱心に働いていたんだね」

「じつに熱心に……驚きだろう？　ろくに働かなかったはずだと思うよな。馬鹿なことをして時間を無駄にしたはずだとか、働きたくなかったはずだとか、いやいや働いていたはずだと思ってるんだろう……でも違ったんだ……僕が住む象牙の塔はまだまだ頑丈だった……熱心過ぎるほどに、夜通し働いたものだ……それが当然だったんだ……自分が抱えていたちっぽけな迷いをすぐさま追い払うことが……本来の進路に戻ることが……まっすぐな道に……」

「それがすべてを引き起こしたというわけか」

「それだったのか別のことだったのか。それでもあり別のことでもあった。とりわけそれだった。今夜はそれということだ、それについて話しているのだから……何かが始まる必要がある……それがミラだっていいだろう？　ジェロームの老いもそうだったかもしれない……あるいは、自分の本当の状況にわずかながら気づいたこと、自分がつけこまれていると利用されていると感じはじめたこと、あるいは、単に、極めて単純に、贋作が次々に生み出されたことだったか……仮面に仮面が重なりその重みが……これらの物事のせいで息苦しくてならなかったが、その理由は分からず、僕を窒息させているのがそれだとも知らず、同じものが僕を生かしも殺しもするのだということも知らずにいたのだ……それが僕が追い求めていたものだったんだ……それで？　僕は直接的な生を、即座の勝利を追い求めていた……生きて戦わねばならなかった……戦いたくはなかった……僕は顔を隠して、頑丈な鎧をまとって、亡霊を相手に戦っていたんだ。彼らの天賦の才には持ち前の忍耐強さで対抗した。もちろん常に僕の勝利だった。いかさまをしていたのだ。自分がいかさまをしているとは知らなかった……だがある日気づかないわけにはいかなかった……何時であれどこであれ……そうなったのは当然のことだった。そうなったのはミラのせいだったが、他のことが原因にもなりえただろう。それはどうでもいい。何かが始まったのだ……その他はほどけていくセーターみたいなもの……塔は崩れた。最初はわずかな崩落だったが、やがてどんどん加速して……落下物をかわして身を守り、再建しようと試みたのだが……どうしようもなかった……」

十一月末にフランスに帰ってきた。画材を買うためにパリで何日か過ごしてからダンピエールへ向かった。マデラは金を惜しまず受け入れ準備をしていた。地下室の一部がまるごと工房に改修されていたのだ。部屋の真ん中には、両脇にティーテーブルの置かれた大型肘掛椅子があった。それから、木と鋼でできた見事な画架とたくさんの投光器。じゅうたんが敷かれ、シャワーが設置され、日中に仕事を中断しなくていいようにと電話機まで置かれていた。絵の具皿用のテーブル数脚、四隅に棚、また別のテーブル数脚、レコードプレーヤー、冷蔵庫、別の肘掛椅子、長椅子、ベッド……最高の牢獄だ。何度かパリやジュネーヴにとんぼ返りで旅行をした他は、十五カ月間そこに居続けた。〈傭兵隊長〉以外は何もしなかった……

初めのうちは造作もなかった。十日ほどの間は準備作業だけをして、資料カードを整理したり、集めておいた複製を貼ったりした。絵筆を配置し、水差しや瓶を並べた。これらはすべて、ほぼうまくいった。私は幸福なほうだったと思う。新たな仕事を始めるときはいつもそうだったように……その後、画板をこすり始めた。決まり切った作業だったが、根気と慎重さが必要で、うんざりする仕事だった。ごくごくゆっくりやっていたため、十二日ほどかかった。だが、画板はほとんど生《き》の状態になっていた。見事なオーク材でほとんど傷んでいなかったので、ほぼすぐさまジェッソ・ドゥーロに取りかかることができた。最初の困難な作業がこれだった。またしても根気づよく、石膏と糊をむらにならぬよう塗り重ねていく。一月初めにはすべての準備が整い、本格的な作業を始めることができた。まずただの紙で始めて、厚紙、練習用キャンヴァス、ざっと支度した画板へと移る。一日のいくらかは《傭兵隊長》の一部やアントネッロの他の肖像画を模写して過ごし、その他の時間には自分なりのディテールを考案していた。半年間そんなことだけをして、線一本すら描くことはなかった。毎週毎週、私は画板をほんのちょっとこすっては、程よい新鮮さに保たれるよう少しだけ塗り足すのだった……この頃には作業は非常に難しくなっていた……目の前にあるのは自分の画板だったが、ありきたりの画家としてありふれた絵を前にしているわけではなかった。干し草やら郊外の風景やら夕日やらを描くのとはわけが違う……すでに存在している何かを表現しなければならず、別種の言語を作りあげねばならなかったのだが、自由にやってよいわけでもなかった。文法や統辞法はすでに存在するのに、単語には何の意味もないという状態だったのだから。もはやそれらの単語を使うことも許されなかった。私がこしらえねばならなかったのはまさにそれ、新たな語彙、新たな記号群だったのだ……一目見てそれと分かるようでなければいけないが、それでも元と違っていなければならない……一筋縄ではいかないゲームなのだ……

　最初のうちはどうってことないと思う、そう思い込もうとするものだ。アントネッロ・ダ・メッシーナとはどんな人物なのか。シチリア派として画業を始め、フランドルの画家たちに圧倒的な影響を受け、ヴェネツィア派からも副次的だが明らかな影響を受けている。こんなことはどんな教科書にも載っている。取っかかりにはなるだろう。でもその後は？　生硬さと見事な技法。そんなことが心に浮かび、言い尽くしたような気になるのだ。だが、その生硬さを具体的に示しているものは？　その技法を示しているのは？　そうしたものは自然に出てくるわけではなく、苦労の果てに、ゆっくりと、妥協の産物として生まれてくるのだ……キャンヴァスの前あるいは厚紙の前に何時間も何時間も立ち尽くす。目の前にあるのは他でもない一連の規則だけなのだが、これに縛られており、違反するわけにはいかないのだ。まずはこれらの規則をすみずみまで完全に理解せねばならない。わずかな誤解もあってはならない。それからおずおずと素描を試みる。検討をくわえる。何かがうまくいっていない。細部に一箇所手をくわえたつもりが、一気に全体が駄目になる。半年間、私は〈傭兵隊長〉を捉えようとしてかなわずにいた。あれこれと描きくわえてみた。頬ひげ、口ひげ、傷跡、そばかす、ひしゃげた鼻、鷲鼻、獅子鼻、ブルボン家風の鼻、ギリシア鼻、鎧、ブローチ、短髪、長髪、縁なし帽、毛皮のトック帽、兜、分厚い下唇、三つ口……一度もうまくいかなかった。〈傭兵隊長〉をとくと眺めてみた。こんなふうに思ったものだ。ほら、筋肉のこれこれのこわばりは、影がこれこれの仕方で強調され、円弧状の頬のぼかしで表現されている。このような影こそが顔の表情をまさに創り出しており、そのことによって、こちらは目につかず、あちらははっきり目立っているのだ。そして、光と影の織りなすこの全体から、筋肉組織がまるごと、力がまるごと浮かび上がり、顔の中には筋肉の意志が現れ出るのである。それこそ私が模倣することなく見出さねばならないものだった。それこそ私がもっとも驚いたことだった。たとえば私は《傭兵隊長》をウィーンにある《男の肖像》と比較したのだが、それらはまったく正反対であった。〈傭兵隊長〉は中年というか青年で、三十から三十五歳くらいだったが、〈ウィーンの男〉は二十歳にもなっていないはずだ。一方は決然としており、他方は無気力である。締まりのない顔、疲れた表情、そげた顎、小さな目、つるんとふくらんだ頬、筋肉も生気もない。その代わり、チュニックは顔より明るく鮮明で、しわがはっきり見えるしブローチもついている。こんな比較をするのは間違っていたかもしれないが、さまざまなしるしの違いこそがなにより明白に感じられたのだ。〈ウィーンの男〉を描くのは難しくなかった。誰を描いてもよかっただろう。だが、〈傭兵隊長〉、私はこれを描くと決めていたわけだが、〈傭兵隊長〉はひとつの顔以外ではありえなかった。私はもっぱらこのことを確認するだけで、次の段階に進むことができずにいた。最初のうちは、我が〈傭兵隊長〉に鎧をまとわせればうまくいくはずだと思った。そうすれば多くのことが簡単になる。鎧の灰色と目の灰色というぐあいに、光の加減で戯れることができた。もう一方の絵では、トック帽とチュニック、目、髪、背景の緑がかった茶色、肌の明るい黄土色といったように、すべてが茶色でまとまっているのと同じように。灰色の〈傭兵隊長〉ができていたはずだ。兜と鎧、目、明るめの髪、ルーヴルにあるボッティチェリの青年像のように、かなりくすんで灰色がかった肌。ただ、これには何の意味もなかった。〈傭兵隊長〉のような男が鎧など必要としただろうか。彼一人でも十分な戦力だと見なされていたというのに。鎧はしるしだったのだ、それも安易に過ぎるしるし。ロマン派に植えつけられたイメージ、だらしなく酔っ払った、フラカス隊長〔テオフィル・ゴーチエによる同名小説の主人公〕かコジモ・デ・メディチみたいなイメージに沿って〈傭兵隊長〉を描いたなら、やはり安易に過ぎたであろうように。鎧のアイデアは諦めることにした。うっすらと赤みがかったチュニックを着せてみた。だが、こちらは本物に似すぎていて……また別のものを探し求めた……半年にわたって毎日十時間。そして、ついに見つけたような気がした。我が〈傭兵隊長〉は斜め前を向いているだろう。本物同様、〈ウィーンの男〉の肖像同様、フィレンツェの人文主義者像同様、無帽で、床は心もち目につき、チュニックはしっかり締まった紐で結ばれ、肩のあたりにやや目立つしわがあるだろう。この衣装は手探りを繰り返した末に探り当てたのだが、実際にあり得た服装なのかどうか、ナショナル・ギャラリーに確認しに行くまでは得心がいかなかった。どうやらうまくいきそうだった。いろんな作品からパーツを集めてくればいいのだ。首筋は〈ウィーンの男〉から、チュニックの締め方はホルバインの肖像画から、頭全体の形はメムリンクの肖像画からといったぐあい。〈傭兵隊長〉の肌つやについてはこれだけで二週間かけ、なお決めかねていた。チュニックの色と合っていなければならないし、それに応じて他の色もすべて決まってしまうのだから。結局選んだのは、かなりくすんだ黄土色、つやのない肌、黒い髪、濃褐色の目、わずかに褐色のまさった厚い唇、赤紫色のチュニック、右側がかすかに明るくなった暗赤色の背景であった。ひとつ決めるごとに、全体を素描し、ためらい、手を止め、思い返し、思い切って決断するのだった。慎重すぎたように思う。すべてできあがっていたのだ。あらかじめ。正確さを期すあまり、もはやしくじることはできなかったし、画板上のほんのわずかな筆の動きもとりかえしのつかないものになるはずだった。作業はまさにこうあるべきだったが、今回は、誤差の範囲が完全に無くなっていた。わずかでもためらいが生じれば、すべてをやり直さねばならなかっただろう。全体を磨き直し、ジェッソ・ドゥーロをまたやらねばならなかっただろう。怖かった。実に奇妙なところがあった。贋作の失敗を恐れたことなどこれまで一度もなかった。それどころか、こんなものはたやすくできるものだと常に確信していた。ところが今回は、これこれの色、動き、影を選び取るのに丸々数日を要したのだ。

もっとも難しかったのは、もちろん、例の筋肉のこわばりだった。模倣するのは無理だったし、そっくりにできたとしても意味はなかった。結局、メムリンクの肖像画を手本にすることにした。太く力強い首、かすかな二重顎、深遠なまなざし、鼻の両脇のしわ、分厚い口元。力強さが表現されるのは、首筋、首の付け根であり、その曲線の迫力はさらに強く直接的で、唇にも力が宿ることだろう。下絵の段階ではすべてがうまくいっていた。グワッシュによる試作でも、結果はなかなか見事だと言えた。メムリンクとアントネッロを実に複雑に組み合わせ必要な修正が加えられた絵。澄み切ったまなざし、輪郭を示すだけで、最初は強さを欠いているように見える線、それがしだいに太くなって、切れ目のない堅固な線、容赦ない線となる。厳しさも弱さもない。これぞ私が求めていたものだ。ほとんど私が求めていたものそのものだ……

本当に描き始めるまでにはさらにひと月かかった。絵の具皿、絵筆、布きれをそろえなければならなかった。三日間の休息をとって、描き始めた。肘掛椅子に腰かけ、絵の具皿を手の届くところに置き、画板を画架に固定する。金具の跡が残らないように四隅には綿と布切れを巻いておく。手が震えないようにステッキと松葉杖で支える。投光器の光で目がくらまないように巨大な庇をかぶり、額にはルーペを装着する。これでもかと慎重さを発揮する。二十分描いて二時間中断した。汗をかきすぎて日に三度も四度も着替えた。もはや不安が消えることはなかった。なぜだか完全に自信を喪失していて、自分がやりたいことをはっきりとイメージすることがまったくできず、描き終わった画板がどうなっているかも言葉にできないのだった。ある程度完成した下書きが何十枚と、ほぼ部屋中に散らばっていたが、その下絵のようになるとも言い切れないのだった。自分自身で描いたディテールは理解しがたく、全体像は把握できず、わずかなタッチから全体を感じることも、全体が具体化しつつあるのを実感することもできなかった。用心に用心を重ねつつ、なお手探りで進むのだった。昔なら、どんなルネサンス絵画でもふた月で描いただろうに、今や、四カ月経って九月半ばだというのに、顔がそっくり描き残されているのだ……一週間中断した。五日は工房で過ごし、三日はパリで、特に理由もなくルーヴルと古文書館で過ごした。ディテールを確かめ、自分で描いた首筋やチュニックの正確さを確認し、無益な確証を求めて何時間も無数の書物を繙いたのだった。再び戻ってきて、さらにふた月作業をした。ジェロームが亡くなったとき、また一週間ほど中断した。ロンドンとアントワープに行った。それから、ジェロームのことですぐにジュネーヴに行った。再び戻ってきた。目、口、首が残っていた。肩口のチュニックのしわも。それらを片付けるのにまるまる一月かかったが、かつてこれほど時間を掛けて描いたことはない。画板の前で何時間も立ち尽くしていた。ひと月前には仕上がっているはずだったのに。マデラはますます頻繁に様子を見に降りてくるようになり、何も言わずにまわりを回っては、私の様子に憤慨し、扉を手荒く閉めて出て行くのだった。私は肘掛椅子で身じろぎもせず、支えのステッキがはずれたまま、絵筆を握った手を垂らし、二時間もひとつのディテールを見つめていたのだ。可能な筆使いを何百通りも想像し、いまだ形をなさない画板から完成したイメージを引きだそうとしていた。何時間も何時間も、夜明けから日暮れまで、飲食も煙草も忘れて、うまくいきそうな影のつけ方に魅入られ、明瞭すぎる線に取りつかれ、ほとんど目に見えない斑点から逃れられずにいた……年末には再び二日間中断した。一月一日に口を描き始めた。二月一日には首の影に取りかかった。あまりに疲れ、いら立ち、不安だったため、なんであれまともなものはできそうになかった。二月二十日には、ほぼ完全にやめてしまった。五日間、〈傭兵隊長〉を眺めていた。目と首回りの肉付けがまだ残っていた……これで完成だとも言えただろう……あるいはまた……私は肘掛椅子を、テーブルを、支えのステッキを隅に押しやった。画架だけがぽつんと部屋の真ん中に置かれていた。死刑台のように。二月二十五日の朝、また描き始めた。立ったまま、庇もルーペも着けず、一ダースほどの絵筆とパレットを持って。昼間のうちに、ほぼ休むことなく、首と目を仕上げた。夜には、全体がほぼ完成しており、細かいディテールが残るだけだった。あとはニスを塗ってひび割れるまで乾かすだけでいい。うまくいったと思った。さほど誇らしくはなかったし、嬉しくもなかった。疲れ果ててぐったりしていたのだ。へとへとだった。何か太刀打ちできないものにやられ、これではないという印象、もう分からなくなった、〈傭兵隊長〉はあるべき姿ではない、という印象を受けていた。あたかも完全に失敗してしまったかのように、そのことに気づけなかったかのように、もう遅すぎるかのように。私は床に就いた。真夜中に目が覚めた。投光器を一つだけつけて、〈傭兵隊長〉を眺めた……

「それで?」

「それでなにも……違っていた……まったく違ったんだ……」

「どうして?」

「わからない……正反対の、逆のものになっていた……冴えない男、情けないちんぴらに……」

「出来上がる前には全然気づかなかったのかね?」

「気づかなかった……こんな奴は見たこともなかった……けちくさい男……陰険な目つきのけちくさい男……なんてことのない……ありふれた男……十五年のムショ勤めを終えたような奴さ……」

「でも数時間前にはうまくいったと思ったんだろう」

「数時間前ならそうさ……だからどうした。舞い上がっていたのさ！　義務を果たしたと思って……やっと厄介払いできて満足していたんだよ……」

「マデラは〈傭兵隊長〉を見たのかね？」

「ああ……翌朝に……」

「なんと言った？」

「なにも……なにも言わなかった……僕は服を着たままベッドで寝ていた。窮屈なネクタイをしたまま、泥酔して、空き瓶やら折れた煙草やら反吐やらをぶちまけて……べろべろに酔っ払っていた……奴はオットーを呼んで、僕に何度も何度もシャワーを浴びさせ、コーヒーを一リットルがぶ飲みさせた……」

「どうして酒を飲んだんだ」

「我が大成功を祝うためだよ……見事な勝利をね……十二年間こつこつ真面目に果たしてきた務めが素晴らしい結末を迎えたんだから……」

「どうして酒を飲んだんだ」

「他に何をするっていうんだ？　僕は一年半近くもあの恐るべき人物画の数々と寝起きをともにしていたんだ……一年半前からその中でも極めつけの奴に取り組んできた……それが失敗したんだ、完全に……他に何をしろというんだよ。ぐっすり眠れば良かったのか。きっと楽しい夢を見ただろうよ。僕はくたびれ果てていたんだ。ぐったり、くたくた、へとへと、ノックアウトだ」

「〈傭兵隊長〉が失敗したってどうして分かるんだね」

「見れば分かるよ……」

「君は二度見たわけだ……最初はうまくいったと思ったのに、夜中に目が覚めて、失敗だと気づく……」

「うまくいっていたとすれば、どうしてすぐに二度目を見なかったというのか」

「君が失敗を望んでいたということだよ……」

「それは安易に過ぎるよ、ストレーテン……何が言いたいのか見え透いてるぞ……だけど一年半の間、僕は死にものぐるいであれに取り組んできたんだ……」

「それが何だというんだ?」

「成功を望んでいたということだよ……わざとやった、なんて後から言いたくなるのは分かるけど……あれだけの努力をしたのはただひたすら成功する必要があったからなんだ……そして、僕の失敗は、追い求めていたものに届かなかったというだけのことなんだ……」

「よく分からないね……」

「で、どうしたか。贋作者か否か、それが問題だった。それが答えであり、問いだったんだ……参ってしまうかもしれないが、いまや僕が生み出そうと思える唯一の作品は自分自身の作以外ではありえなかった。パズル遊びはやめ、顔をさらして堂々と描こうとした。僕が求めたのは、そう、求めたのは、アントネッロに追いつくことだった。忍耐強く丹念に描いて彼の精確さやひらめきに到達するというのではなく、たったひとりでことを始め、彼自身の絵だけを導きの灯に、到達目標にして、彼の高みへと飛び立ち、その奮闘と成功を体験するということだ。アントネッロ・ダ・メッシーナでなければ駄目なんだ。アントネッロの代わりにクラナッハでは駄目、アントネッロの代わりにシャルダンでは駄目なのだ。なぜなら、一切の曖昧さが消滅し、無限の成功に到達する必要があったのだから。なぜなら、あの並外れた冷静さに、あの驚くべき確信に、あの人間離れした力に到達する必要があったのだから。あの天才的な自制心に。なぜなら、何年も何年も前から僕がしてきた努力のすべては、そこに到達することだけを目指していたのだから……なぜなら、そこにこそ僕が求めていた答えがあったのだから……なぜなら、この道を果てまで行けば、自分自身の顔を、このうえなく真正な自分の願いを見出しただろうから……なぜなら、僕が必要としていたのは、自分の顔、自分の力、自分の光だったのだから……なぜなら、そうした証し、そうした試練は、僕にとって、その後再び贋作者に戻らないようにする、唯一の手段だったのだから。なぜなら、もし成功したならば、同時に僕は見出していただろうから、自分の知識の向こうに、技量の向こうに、自分自身の感性を、眼力を、自分自身の謎と答えを……」

「どうしてうまくいかなかったんだろう」

「難しすぎたんだよ……自分なりの顔を描きたかったし、光が欲しかった……自分なりの顔を描いたうえで〈傭兵隊長〉を手にしたかった……闘わずしての勝利、考えずしての確信、つまりは力……またしてもいんちきをやらかしていたんだ……どうしたら僕がその力たりうると知りえただろうか。それを証明しようとしていたんだ……だが怖かった。そう。でも、不可能な冒険に乗り出しつつあることはすでに分かっていた……分かっていながらそれでも続けていたんだ……僕にはどんな危険があっただろうか。どんなやり方にしろ失敗することか。僕に失うものがあっただろうか。そうするうちにも日々は過ぎていった……ゆっくりとにじみ出すように画板の上に現れたのは、確かに僕なりの顔だったが、〈傭兵隊長〉ではなかった……僕は修正し、やり直し、ためらい、引き返した……でも駄目だった……うまくいく可能性はまったくなかった……」

「どうして続けていたんだね」

「知りたかったから……」

「なんだって失敗しなければならなかったんだ?」

「別に……片をつけなければならなかった……」

「それで酒を飲み始めたというわけか」

「もちろんそうだとも。真夜中に鏡を見た。自分がいた。僕の顔だった、奮闘を重ねたあの一年、あの不眠の夜々。それは僕の顔だった、あのオーク材の画板、はがねの画架、テーブル、絵の具皿、何百本もの絵筆、布切れ、投光器。それは僕の歴史だった。僕の運命だった。運命のこのうえなく見事な戯画。それは僕だった、不安げで貪欲、残忍かつ卑劣で、鼠のような目をした僕だった。自分を〈傭兵隊長〉だと思い込んでいる様子。岐路に立つ世界の支配者だと思い込んでいる様子。近寄りがたく、自由で強力な存在だと思い込んでいる様子。それが僕だった。苦悩、苦渋、恐慌。幻覚が続いたのは一瞬で、すべては崩れ去った、一挙に、すべてが崩壊した。壁に掲げられた、勝ち誇りいかにも勝者然とした人々の、耐え難い視線のもとで。そんなわけで飲み始めたんだ、獣のように、かつてなかったほどに、二年前まさにこの場所にいたときにもなかったほどに、というのもその頃にはジュヌヴィエーヴに返事をしなければと考えただけで動顛していたのだから。僕は酒を飲んで部屋の中で堂々巡りを始めた。らっぱ飲みだ。絵筆を折り、実現し得た複製画をすべて引き裂いた。倒れるまで飲み尽くした……」

「それでマデラは何も言わなかったのかね？」

「ああ……奴はリュフュスに電話した。リュフュスはその晩のうちにやって来た。僕は眠っていた。翌朝、一週間の休暇を取るため、彼がヴァカンスを過ごしていたクシュタートに向けて一緒に出発したんだ」

「彼らは〈傭兵隊長〉を見た？」

「ああ」

「何も言わなかった？」

「何も」

「どうしてだろう」

「ちょっと見ただけだから、失敗作かどうかなんてどうでもよかったんだよ……」

「分からないね……」

「技術上の失敗があったわけじゃない。アントネッロの作を正確に描いたんだから。あらゆる特徴が描かれていた。もっともそれらは大ざっぱなしるしでしかなかった。しばらくは通用しても、やがて人々は騙されていたことに気づいたのだ。あまりに安易、あまりに直接的だった。見たまえ、我が輩が〈傭兵隊長〉だ、天下無敵、はっはっはっ、無双の強者ぞ。我が首筋の筋肉を見よ、ふっふっふっ。さもなきゃ、わざとらしく距離を取りすぎたのか。アントネッロ作ではないと思ってこの絵を眺めさえすれば、ごまかしがいやでも目についた。後は自然と察せられた。分かるかい。できの悪い贋作とはそういうものなんだよ。もし僕がうまくやっていたなら、人々は全力で贋作と証明すべく鵜の目鷹の目でこの絵を調べることもできただろうが、証明できなかっただろう。それは当然だった。当然すぎることだった……」

「自分一人で適切な判断が下せるつもりなのか」

「それはそうだよ。僕がこの絵を描いたんだぞ。長いことその価値を信じてきた。可能な限り全力を尽くしたんだ」

「でもマデラは、君がクシュタートに滞在している間に、たびたびその絵を見たはずだろう？」

「いいや。絵は完全には仕上がってなかったんだ。背景の仕上げがまだだったし、全体にニスを塗る必要があった。出発する前、僕は画板に覆いをかけておいたんだ。まだ乾ききってない部分があったし、ほこりをかぶらないようにと思ってね」

「もし鑑定する必要があったら、乗り切れたと思うかね」

「駄目だっただろうな。三十分も調べればどんな批評家や鑑定家でも見抜いただろう……」

「どうするつもりだったんだ」

「さあ……もう思い出せないよ……頭の中ではいろんなことをやってのけるが……休息したい、どこかへ行きたいと思っていた……」

「ダンピエールに戻るつもりだった？」

「どちらとも……どうだろう……何もするつもりはなくて……そう、身の破滅とやらも考えていなかった……そんなのはどうでもよかった……ただ眠って、スキーをして、暖炉のそばで推理小説を読んでいた……」

「どうして帰ってきたんだね」

「その説明はややこしすぎて……あまり思い出したくもない……スキーをするのにうんざりした

んだよ……」

「それが理由になるのか」

「他の理由でも大差ないよ……クシュタートに向けて旅立ったときはほぼ満ち足りた気分だった。雪が見たかったしスキーがしたかった。雪はいまひとつで、あまり日も差さなかった……どうにも退屈で……パリに戻ってきたわけだ」

「突然に？　真夜中に特別機で？　雪がいまひとつだったというだけで？」

「そう……雪がいまひとつだったというだけで……ばかげていると思うだろうが、それがほぼ唯一の理由なんだ……クシュタートとはまったく関係ないことだった……別の話なんだ。アルテンベルクというスイスの小さな村の思い出。その村で僕は戦争初期の数年間を過ごした……おかしな話だと思うかもしれないが、僕はその地で雪が好きになったんだ……うまく言えないな……つまり、ある意味で、時によっては、僕は申し分なく幸せだったということなんだ……クシュタートでは退屈した……それだけだ……」

「おかしな話だな……」

「確かにおかしな話だけど、〈傭兵隊長〉を描きたいと思うのはおかしくなかっただろうか。何もかもおかしかった……だがそれでも僕はそのただ中で生きていたんだ……」

「パリで何がしたかったんだね？」

「電話でマデラに言うつもりだった。ダンピエールには戻らない、〈傭兵隊長〉は失敗したがもうどうでもいい、打ち捨ててやる、と……」

「本当に言ったのか？」

「いいや……」

「どうして？」

「ジュヌヴィエーヴに電話したんだ……」

「なぜジュヌヴィエーヴに？」

「クシュタートを離れたのと同じ理由だよ……〈傭兵隊長〉を制作したくなったのと同じ理由……はっきりした理由ではなくて……ただそういうことがしてみたかったというだけで……」

「破滅を引き起こしたかった？」

「たぶんね、それがどうした？　君は何を知っているんだ？　なぜ破滅などというんだ？　うまくいったかもしれないのに……」

「ジュヌヴィエーヴが電話に出たかもしれない、と？」

「電話をかけたんだから出たかもしれないだろう。受話器を取るのはおかしなことかい？　電話に出るのが驚くべきことだろうか？」

「ジュヌヴィエーヴが出たら驚いただろう？」

「ああ……いやまあ……そうなったらやはりおかしな話だったろうよ……僕からの電話だと分かったから出なかったわけで……」

「留守だったのかもしれないよ……」

「午前三時に？　まさか……部屋にいたんだよ……僕だと分かったのさ……」

「彼女にはどれくらい前から会ってなかったんだ？」

「一年半……リュフュス宅のカクテル・パーティー以来……」

「どうしてジュヌヴィエーヴが在宅中だと知っていたんだね」

「二月の午前三時だったんだぞ……仕事やアパルトマンを変わる理由もまったくなかったから、家にいたんだよ……」

「どのみちそんなことはどうでもよかったのさ……どうして彼女に電話をしたんだね？」

「破滅を引き起こすためさ、君の言う通り……彼女がなんとなく僕の周りにいて、目の前で存在感を発揮してくれるように、彼女のもつあらゆる魔力と魅力で安心させてくれるように……」

「マデラを殺したかった？」

「いいや……誰も殺したくはなかった……」

「それならその破滅とやらは何のことだったんだね？」

「何でもなかった……以前と同じように物事は続いていた。何事もなかったかのように、何事も起きなかったかのように……永遠の反復、同じ仕種を何千回と繰り返し、同様の辛抱強さでつまらぬことに取り組み、相も変わらぬ無駄な努力を続ける……僕の歴史は決定的に記されて、十年後、二十年後、三十年後の死以外に出口のないまま、封印されていた。とことんまでやる必要があった、そのことに意味がなくとも、必要がなくとも……」

「そういうふうに思っていたのかね？」

「まったく何も思わなかった……分かっていたんだ、まるでずっと分かっていたかのように、忘れようとしてきたかのように……どうしようもなかった……あらゆることを試してみた。だが僕は捕らわれていたんだ。袋のねずみだった。僕は積み重ねることだろう、エル・グレコ、クルーエ〔フランドル出身の十六世紀の画家〕、ゴヤ、バルドヴィネッティを、死ぬまで、信じも望みもせず、画布や画板を糞便のように積み重ねることだろう、死者を頼って生き続けることだろう。僕自身が死者となるまで……」

「なぜマデラを殺したんだね？」

「さあ……それが分かっていればここにはいないだろうな……それが分かっていたなら実行しなかっただろうし……人は簡単なことと思い込んで……事を為す……人には分からない……分かり得ない……分かろうとしない……だがしばらくすると奴が背後にいて……やってしまったと分かる……それで……」

「それで何だね？」

「それで何もない……」

「どうして『人は』などと言うんだ？」

「なんとなく……大した意味はないよ……僕はマデラを殺した……それで？　何も楽になっていない……最後におこなった行動、あれこれの行動のうちで最後のもの……」

「どうなるのか見てみようと思って……」

「そのとおりだ……何が起きるのか見てみようと思った……」

「何が起きたんだね？」

「分かっているじゃないか……まだ何も……おそらくいつの日か何かが起きるだろう……何か良いことが……」

「マデラを殺したことを悔やんでいる？」

「いいや……どうでもいいよ……僕には関係ないと言っていい……興味もないし……」

「彼を殺さなかったとしたらどうなっていたんだろうか？」

「分からない……」

「想像してみたまえ……」

「想像力がないんだ……まったく何も起きなかっただろうよ。奴は気づいたことだろう。奴かりユフュスかニコラか他の誰かが。あるいは僕が彼らに教えただろう、〈傭兵隊長〉は無価値だと……また別の仕事を僕に与えたかもしれない……あるいはそのまま売りさばこうとしたかもしれない……」

「アントネッロの絵として？」

「いや……何とかの巨匠とやらが都合よく見つかったことにして……赤い服の男〔ナポレオンがエジプト遠征前とエルバ島への流刑前に出会い助言を受けたとされる謎の男。錬金術師サン＝ジェルマン伯爵とする説もある〕みたいな類の話さ……」

「君はその後も仕事を続けていただろうか」

「さあ……続けたかもしれないし、続けなかったかもしれない……」

「なぜマデラを殺したんだね？」

「うんざりしていたから……これが決着をつける方法のひとつだったから……」

「何と決着をつけるんだ？」

「十二年前から送っていたあの馬鹿げた生活と……」

「警察に自首しようと思っていたのかね？」

「いいや」

「直後には何をするつもりだった？」

「隠れて、ちょっと血を洗ってから逃げようと……」

「ここに？」

「ここでも他の場所でも……それはどうでもよかった……」

「オットーはなんだって戻ってきたんだろう？」

「まったく分からない……予定どおりなら月曜の午後はドルーに行くはずなんだが……きっと何か忘れ物をしたんだろう……」

「ずいぶん前から奴を殺そうと思っていた？」

「いや……そんなに前からではない……三十分前か、四十五分前か……分からない……」

「どうして？」

「痙攣したみたいに突然思いついたものだから……まあ、適当な思いつきだ……初めはひとつのイメージだった……何かが空中に漂いはじめた、あってもいいはずの何か、それが自ずと話しはじめたんだ……意味などなかった、たわごと同然だったが、僕はそれでも耳を傾けていた……その時の僕のありさまでは、何かひとつの行為をやろうがやるまいがどうでもよかったんだ……」

「頭がおかしくなっていたのかね？」

「そう言ってもいいが……そう言いたければ……ちょっとおかしかったのかも……というかまるで何をする気もなく、何も覚えていないといったようで……そう、何をする気もなかった。何でも良しとして、来るもの拒まずといったふうだった……それで何年もの間そんなふうにしていたんだ……」

「何を考えていたんだね？」

「今となっては分からない……どうでもいいよ……僕は剃刀を手に取り、掌に折り畳み、階段を登りだし、奴の書斎に入っていった……」

「迷いはなかった？」

「なかった……自然な行動だったから……特に無理はせず……困難は一切なかった……当然だろう？　マデラだったんだぞ。奴は生きていたが、死につつあった。僕は死んでいて、生きようとしていた……」

「どうして？」

「さあ、そうとしか言いようがない……」

「君が生きるためにはマデラが死なねばならなかったのかね？」

「そうだ……」

「だが君も生きていたんだろう？」

「たしかに僕は生きていたようだ……馬鹿な質問ばかりでうんざりするなあ……もちろん生きていたとも……それで？　奴だって生きていた。今、奴は死んでいて僕はいまだに生きている。それだけだ」

「マデラは死なねばならなかった？」

「ああ、遅かれ早かれ、誰しもそうだ……」

「他でもない君が殺さねばならなかったのか……」

「君ひとりでそこに気づいたのかい？　たいしたもんだな……そう、君が殺してはならなかった……でも、やったのは僕なんだからいいのさ……」

「下手な弁明だな……」

「弁明しようとは思ってないよ……」

「君は何を手に入れようとしていたんだね？　何をしようとしていた？　それを今説明するとどうなる？　後戻りできないことはよく分かっているだろう。君はここでじっと動かずにいる。そのことに気づいてすらいないが……」

「それでどうなるというんだ？　君は理解しようとする。僕は君に何度も繰り返した、理解すべきことなどないと。死ぬべきなのは僕だったんだ。そうすれば道理に適っていただろう。それが当然だっただろう。僕が自殺すべきだったんだ。そうすべき理由はいくらもあったんだから。面目丸つぶれだ。贋作をつくれない贋作者。ごまかすだけの贋作者なんて。自分なりの〈傭兵隊長〉を生み出せなかったのだから、腹を切るべきだった。親指と人差し指で剃刀を持ってそっと首に当てるべきだった。もうおしまい。だめだ。絶望だ。君が分かろうとしないのはこのことなんだ。何から何まですべて失敗して、すべてがだめになったということ。生きたいという僕の希望、自分自身でありたい、自分の顔でいたいという希望が。クシュタートは僕の望みとはまったく違っていた。ジュヌヴィエーヴは電話に出なかった。〈傭兵隊長〉は失敗した。ジェロームは死んだ。僕は自由なつもりだったが、搾取されていたのだ。仮面をつけているつもりだったが、その仮面が、実際より本物らしく哀れなもうひとつの顔になっていたのだ。安全なつもりでいたら、背後からあらゆるものに襲われた。すがるものは何もなかった。僕はひとりぼっちだった、真夜中に、我が牢獄の真ん中で、認めがたい自分の顔を前にして。分かってくれ。このことを分かってくれ。いったいどうすればよかったというのか。逃げ出す、か。どこへ逃げる？ どの星を這いずり回るというのか。なあ？ 自分を厄介払いするしか、捨て去るしかなかったんだ。もう少し破壊したところでどうなったというのか。すべてをぶっ壊したところでどうなったというのか。奴は書斎にいて、馬鹿みたいに何にも気づいていなかった。理解すべきだったのに。地下室にダイナマイトが一樽ある、そのことを知っておくべきだったのに……奴は何もしなかった。僕を部屋に入れてしまった。奴は振り向かなかった。僕の足音が聞こえなかったのだ。奴の責任だ。すべてはあいつのせいだ……僕を決して助けてはくれなかった……僕に〈傭兵隊長〉を押しつけて……軟禁し……十二年間、十五年間、僕を利用したのだ……使い勝手のいい道具として……分かるかい、奴のことが、奴のしたことが？ 僕はといえばまんまと一杯食わされちまった。

僕は生きてはいなかったし、生きる権利もなかった……すると、そうしたすべてが急展開し、せめぎ合い、頭のどこかではじけて、まるでうるさすぎる音楽みたいに、爆発して消え去ってはまた戻って来たんだ……死ぬべきだったのは僕なんだ……何もかもやったのは僕なんだ……すべてを台無しにしたのは僕なんだ……でも僕ひとりだったわけじゃない。奴は僕を見ていた。僕をだましたんだ。死ぬことなんて僕は気にしてなかった……考えてもいなかった……どうでもよかったんだ。僕の状態などもはやまったくどうでもよいというほかなかった。でも前は、僕がくたばる前、この件でくたばる前、すべてが消耗する前は、あのあきれた野郎、アナトール・マデラが僕のためにしたあらゆることは、そっくり奴に払い戻されることになっていたんだ。なんとも卑劣だった。そう仕組まれていたんだ。だからどうした？」

「だが君はとにかく生きている……」

〈やがてこの技術はフランドルで長年過ごしたアントネッロ・ダ・メッシーナによってイタリアにもたらされた。彼はアルプスのこちら側に戻ってきてから、ヴェネツィアに留り住み、何人かの友人たちにこの技術を教えた……〉〔ヴァザーリ『ルネサンス画人伝』からのイタリア語による引用。辻茂他編訳・註、『ヴァザーリの芸術論――「芸術家列伝」における技法論と美学』、平凡社、一九八〇、一三六頁〕

アントネッロ・ダ・メッシーナは画家サルヴァトーレ・ダントニオの息子で、父から絵の最初の手ほどきを受けている。まだ若い時分にローマに出向き、その地で修行を終えてからパレルモに戻って、最後にナポリに赴きアントニオ・ソラーリオ通称ル・ツィンガロ〔ジプシーの意〕と知り合って、コラントニオ・デル・フィオーレの工房で同窓となった。フランドルとオランダの巨匠たちに大いに感服していたアントネッロとル・ツィンガロは、この頃からすでに巨匠たちの画風を懸命に真似ようとしていたが、彼らの絵画技法については無知だったため、満足のいく結果は得られなかった。アラゴンのアルフォンソ王子が所有していた、ファン・アイクのとある絵を見て、若きシチリア人画家は心を決めた。描きかけの絵をすべて放って、旅路の長さと費用をものともせず、アントネッロはすぐさまフランドルへと旅立ち、ブリュージュの巨匠に面会して、その作品に対する熱烈な賛辞を述べたてた。アントネッロの熱意と迫力に押され、当初は冷淡だったファン・アイクもやがて、南国の青年らしい情熱を微笑ましく思うようになり、アントネッロを弟子にすることを認めた。敬愛の情と芸術への熱意に卓越した才能が加わったため、アントネッロは師の寵愛の弟子となった。師の芸には到達すべくもないと感じ、その奥義伝授を請うてきたこの若きイタリア人に対し、ファン・アイクも父親のような愛情を抱くのだった。そこで、師は弟子に油絵の諸技法、というよりその実践上の秘訣を開示したのである。

〈この彩色法は丹念に情熱を傾けてさえすれば顔料の輝きをなおいっそう増す。というのは油はそれ自体で、発色をより柔らかく、より甘美に、そして繊細にし、他よりもより容易に色彩に統一と暈《ぼかし》を与えるからである……〉〔『ヴァザーリの芸術論』、一三六頁〕

〈アントネルス・メッサネウス我ヲ描キッ……〉永遠の傲慢さに凝り固まって〈傭兵隊長〉は世界を眺めている。口はかすかに曲がっている。微笑みでも渋面でもなく、自らは気づいていないかあるいはすっかり受容している残忍さが、顔にあらわれているのだろう。以下注記。〈傭兵隊長〉は動かない。何も起きそうな気がしないし、余計なものを想像したり付け加えたりもできそうにない。クラナッハの〈メランヒトン〉では、知性的な目つき、優雅な微笑み、力強い両手が均衡を保っている。これぞ政治家という姿だ。メムリンクの描いた男は祈りを捧げる大男で、波打つ髪と猪首の持ち主である。ホルバインのロバート・チーズマンは、貴族の尊大さ、衣装のきらびやかな豪華さ、狩猟者の質実な知性だけを示している。〈傭兵隊長〉はいつでもそれら以上のものなのである。彼は三者すべてを眺めている。彼らを密かにあるいは公然と軽蔑しているのかもしれない。三者のうちの誰であれいつの日か彼を必要とすることになるだろう。彼は三者を軽蔑しているわけではなく、それだけでもへりくだった態度と言えるだろうが、彼の姿勢はいかにも毅然としたものである。諸侯、諸王、司教、大臣らと対等に渡り合っている。配下の傭兵を率いて町から町へと渡り歩く。彼には失うものは何もない。友人も敵もなく、彼は力そのものなのだ。

だが力は何にでもなりうる。平穏だけでは十分ではない。確信は誰もが持ち合わせている。いかなる作品であれいかなる人間であれ、必ずひとつの確信に達しているものなのだ。〈傭兵隊長〉はそこを超越していて、何にも到達する必要がないのである。彼は世界を理解しようとはしない。理解する必要がないのだ。世界を支配しようとはしない。すでに支配しているのだ。ずっと前に支配しているのだ。彼は〈傭兵隊長〉なのである。どこで働きかけているのか。どこでもない。その場にいるだけで、まなざしによって、あごによって、傷跡によって語るのだ。私とはあるがままの私なのだ。彼は裸である。それで十分なのだ。アムステルダム国立美術館所蔵の、ゴヤ作〈ドン・ラモン・サトゥー〉には、大きくはだけた襟元と、人の好さと誇り高さのしるしである胸を張った姿勢が必要なのである。シャルダンは、眼鏡、庇、ターバン、スカーフを必要とし、無造作に顔を脇に向け、冷静かつ皮肉で不遜な目つきをして、彼を養い眺めている木っ端貴族を威圧している。〈傭兵隊長〉はわずかなりとも動くことはないだろう。彼には分かっている。心得ている。自分は世界の支配者なのだ。滅びゆくあるいは壊れゆく世界の、ごく小さな世界の。それがどうした。彼は馬で野を走り抜ける。滞在するのは宮廷だけだ。

このような即席の勝利は伝説になっている。だが、誰も彼には逆らえない。あの奇妙なバルダッサーレ・カスティリオーネは、ルネサンス最高の人文主義者だそうだが、我々に伝わる姿はいつも同じ賢者の身なりである。毛皮の帽子、見事な髭、ブローチ、レース付きの胴衣。物わかりが良さそうに両手を組んでいる。お前さん、どういうわけでここにいらしたのかね？　親指をもう一方の親指に重ねて手のひらを丸めている。まったくの偽善者というふうでもないが、かなり怪しげなところがある。科学と芸術、数学と哲学に通じている。今にも目配せしてきそうだ。〈傭兵隊長〉が鋭い眼光で射すくめる。彼が知っている世界のすべてはその小さな傷跡にある。我輩がいかほどの戦士であるかとくと見よ……

彼は望み通りの存在に、つまり不良少年になっている。彼の横ではボッティチェリの青年が病人みたいな様子をしている。童貞に悩む形而上学者の風情だ。狂信的苦行がもたらした唯一の結果。〈傭兵隊長〉はいかなる情熱も持っていない。支配する情熱さえも。支配など毎回彼が勝つゲームなのだから。いんちきをする必要すらない。無理をする必要すらない。準備はすべてできている。彼は一人の武将に過ぎない。絶対に狂人ではない。絶対にサン＝ジュスト〔フランス革命期の急進派で恐怖政治を行った〕でも、ネフスキー〔スウェーデン軍やドイツ騎士団を撃破した十三世紀ロシアの大公〕でも、タメルラン〔ティムール帝国を建てた十四世紀の征服者〕でもない。ボナパルトでもマキャベリでもない。それらすべてなのだ、自分を限定する必要など彼にはさらさらないのだから。一貫性か矛盾か。彼の運命は完全に決定されている。彼の自由は限りない。いささかのためらいもない。彼の人生は一本の矢であって、紛らわしさも曖昧さもない。いまだかつて彼が自問したことはあっただろうか。ない。ごまかしはいっさいなし。社会における彼の地位はあらかじめ定められている。さまざまな有力者たち、つまり銀行家、王侯、司教、富裕貴族、暴君、商人らが差し障りなく行動するためには、この男による直接の介入が必要なのである。この男は誰からも独立していながら皆の意向を聞き入れて動き、自分の問題でないばかりか、そうであるはずもなく、そうであってはならない問題を他人のために解決する。そのため彼は、まったくしかるべき揺るぎない意識をもって動じることなく、権利と正義としては、もっとも高く支払ってくれる正義しか顧慮しないのである……政治的対立、経済的矛盾、軋轢、宗教的抗争が彼に帰着し、彼のうちに凝縮され、解消される。かくして身代わりの犠牲となることに対して報酬が支払われる。彼はその金を受け取る。だが、一切危険は冒さない。なんだって自分に関係ない問題のために闘うのか。ヴェネツィアとフィレンツェの中間で、盟友でもあり昔なじみでもある別の首領と、敵対的というより友好的な会談をもち、メディチ家と市会の大物たちのあいだの積年の争いを握手によって消滅させた。どうして戦いなどするのか。小競り合いのまねごとをするだけで、二人の傭兵は当時のやり方に従って、また個々の利益に従って、二人のどちらが勝者となるかを決めると、戦歴に傷がつかぬよう、英雄的な敗北という利得をすぐさま敗者に与えるのだった……

皮肉を帯びたまなざしはそれゆえだったのか。〈傭兵隊長〉は何もかも手に入れて何も返さない。身を捧げることも、裏切られることも、不意打ちされることもなかった。彼が望んでいたのはこんなあり方だったのだろうか。和解を担うこんな矛盾した存在、こんな軌跡だったのか。常勝の男だったのか。

どうして〈傭兵隊長〉を求めるのか。〈傭兵隊長〉とは何者だったのか。勝利の絵画なのか、それとも絵画の勝利なのか。すべてを形作り、感じ取れるようにしたのは誰だったのか？〈アントネルス・メッサネウス我ヲ描キツ〉。彼はここで画板に釘付けにされ、その力、冷静さ、確信、落着きに応じて、分類され、定義され、つまりは限定されている。こうしたアプローチ、一つの時代を乗り越えつつ同時に説明することで完璧に定義するというやり方、乗り越えるからこそ説明でき、説明するからこそ乗り越えうるというやり方、これこそが芸術でないならいったい芸術とは何だったというのか。まったく同じ運動なのだ。どことも知れぬところから始め、おそらくはまとまりをつけることだけを求めつつ、ついには世界を完全に、容赦なく、決定的に支配することになるのだ……

そしてそのために、再びこの肖像画の探求を始めるのだ。彼の前にシャルダンやモディリアニがそうしたように。さらにアングルやダヴィッドが、処刑台へ向かうマリー＝アントワネットの顔を、窓から身を乗り出して一瞬のうちにとらえ、一息にスケッチしたように。あるいは、クメールの彫刻家たちの誰であれ、やはりその世界とその時代における本質を追い求めて、自らの未来と理想を表現し、完全に澄み切って、ふさわしく、冴え渡り、怒りを含んだ視線で、このすさまじい混沌である世界を眺めるように……

それが芸術なのだろうか。正確さ、秩序、必然性を際立たせることが。それが彼とどう関わっているというのか。それが彼の営みをどう正当化するのか。あなたがスプリトでやったことを……

贋作者ガスパール。あまりにもうまく張られた罠。明らかだ。安心だというまことしやかな印象。安逸を再現するという誘惑。世界との距離。全面的な拒絶。十二年のあいだに彼は何をしたというのか。
　贋作者の技法とは言い張ることに尽きる。スプリトの至宝とはただ、金箔や銀箔、青銅や銅のコイン、押し型を木槌で数回叩いただけのもの。ベッケル〔エドモン・ベッケルは十九世紀末から二十世紀にかけて活躍した宝飾品制作者〕はもっとうまくやったものだ。奴隷的彫金師とはすなわち、粗雑とされるもの、繊細とされるもの、当時の出来事に関するおおよその知識、年表や暦、神々、系図についての多少とも正確な情報のことなのだ。いまだ未発達の芸術と言おうか……彼が心得ていたのは調理法なのだ。ジェッソ・ドゥーロだの、焼石膏、ムードン〔北ヨーロッパで地塗りや仕上げに用いられた白亜（炭酸カルシウム）の呼称〕、魚膠《ぎょこう》だの。それで？　それで何もない……

　それでマデラが死んだ。不確かなやり方を経た後でなければ確信など意味を持たないのだろうか。彼が勝ったのか。もはや直接的な勝利でないことは間違いない。満ち足りた崇高な平穏の中での、まさに〈傭兵隊長〉の勝利のようなものではなく、時間からゆっくり引き離されつつ、いつまた誤謬や失敗の危険に——未知の、知られざる、周知の危険に陥るかもしれないという、あからさまな不安を感じながらも、新たなる自信の高まりが、生の新たな行為が、最後の賭けが、偶然を廃し、バランスを傾け、花瓶から水を溢れさせ、疑念と心配を派手に打ち壊したのだ。自らの意志で行った初めての行為であり、自由になした初めての行いであり、意識の働きを初めて示す証拠だった……

応答？　証拠？　まだ不十分だ。おそらく。おそらく、おそらく違う。おそらくそうだ。解明でも説明でも啓示でもない。彼の誤ちは、直接的で理解されざる単なる反抗によって、確信が突然得られると思ったことだった。単なる行為によって、かつて拒まれた生活が魔法のようによみがえると。過ぎ去った年月は死んだのであって、もはや何も生き延びるはずはないのに。というのも彼はまだ死んでおらず、完全に沈みつつあったのは、消滅しつつあったのは、彼の過去だったのだから。おそらくマデラは死んではならなかったのだろうが、一度死んでしまえば、彼の行為はそれ自身を超え、避けがたい結末となり、狂った生の明白な結末となるほかなかった。倒すべきは首謀者なのだ……

画板の上に少しずつ生まれつつあったあの別の顔、その影響によるパニックと突然の錯乱。放棄された工房の中は完全な失敗だったのだ。彼の人生は両手の中にあった。その行為に。ベルグラードの工房では、電話が鳴り響く音。すべてが地表をめぐる……クシュタートの街路を狂ったように逃げる、夜陰に紛れた黒い影のように、壁伝いに走る影のように……少しずつ断罪され逃げ場はない。満票で決する。ただ一票を、彼自身の票を除いて……

「三日というもの奇妙な過ごし方をしたよ。ダンピエールに戻って工房に降りてみた。すべてを終わらせるつもりだと受け取られた。僕はマデラに一週間の猶予を求めていた。僕らはほとんど言葉を交わさなかった。彼はパリで週末を過ごすため夜になって出て行った。月曜日の午前十一時に戻ってきたところで、三時に僕が殺したのだ。彼の留守中、僕は肖像画を再開しようとしたが、どうしてもできなかった。彼は僕の冷蔵庫からアルコール類を全部捨てさせていた。さもなきゃまた飲み始めていただろうな。日曜日には車に乗ってパリに行った。またしても危うく鉄砲玉になりかけた。なぜ戻ったのか今でも分からないんだ……」

「パリで何をしたんだね？」

「自分の部屋に寄ったんだ。リュフュスから手紙がきていて、月曜日に来るとのことだった。僕がクシュタートを発った数時間後に彼はジュネーヴに戻っていたので、そちらに電話をして火曜日にダンピエールに来るように言った。絵が失敗したことを説明したかったのだが、どうしてもできなかった。いらっしゃる時には完成していますよ、と言ったんだ。彼は何も言わなかった。すぐに電話を切ってしまった……僕は外に出て、河岸の古本屋で推理小説を何冊か買った。ルーヴル美術館に行って、七メートルの部屋〔ルネサンス前派の画家を展示するルーヴル美術館の一室。天井の高さからこう呼ばれる〕で《傭兵隊長》を眺めた。絵の前に何秒か立ち、また外に出た。再び車に乗ってヴェルサイユまで行き、公園を散歩した。ほとんどひとけはなかった。また車に乗ってドルーまで行き、ダンピエールに戻ってきた。一晩かけて推理小説を何冊も読んだ。煙草を三箱吸った。六時に風呂に入りに行くと、オットーが目を覚ましていた。ドルーに何か必要なものがあるのか、と僕に尋ねる。ちょうどその午後、彼もドルーに行くというのだ。何も必要ないと答えた。コーヒーを飲み、覆いを外して、絵を二時間眺めた。最後にもう一度覆いをかけた。ほぼ十時だった。僕はベッドに横たわり、もう一箱煙草を吸い始め、パリで買った推理小説の最後の一冊を読み始めた。十一時にマデラが戻ってきた。奴は電話で僕に、どこまで進んでいるか尋ねてきた。夜には終わっているだろうとか、昨日パリに行ったとか、リュフュスから手紙を受け取ったが、彼は明日在宅のようだとか、そんなことを答えた。マデラはその日の午後に自分に会いに来るようにと言った……」

「どうして？」

「それは言わなかった……たいして重要じゃなかったんだろう……」

「君を電話で呼び出すことはよくあったのかね？」

「ときどきあった……時には夜降りてくることも……午後はほとんどずっと書斎で過ごしていたよ。仕事を片付けていたんだろう……」

「秘書はいなかった？」

「パリに一人いたけど、僕は一度も会っていない……奴がパリにアパルトマンを持っていることを知ったのはずいぶん後になってからなんだ……他にもほぼいたるところに十数個持っていたことも……」

「〈傭兵隊長〉の制作中、マデラはずっとダンピエールで暮らしていたのかね？」

「たいていはそうだった……一、二回旅行をすることはあったけれど……」

「オットーは？」

「オットーはずっとダンピエールにいた。五年前からだ。マデラがいないときには留守番をしているんだ……」

「よそには？」

「他にも召使いがいたようだが……」

「マデラはどれくらい前から贋作を売りさばいていたのかね？」

「一九二〇年から。当時奴は二十五歳くらいだった。リュフュスは生まれたばかりだ。ジェロームも二十歳くらい」

「どうしてそういうことになったんだ？」

「ジェロームはイチーリオ・ヨーニの弟子だったんだ。当時はまだフェデリーコと呼ばれていた。亡くなったのは一九四六年だった。なかなか器用な男だったけど、人まねだってことはほとんど誰もが知っていて、絵の修復を主な生業にしていた。ジェロームがヨーニとどうやって出会ったのかはまったく知らない。一九二〇年頃、ジェロームは贋作を転売してくれる人間を探し始め、たまたまマデラと知り合ったらしい……」

「ジェロームの出身は？」

「まったく分からない……僕は長いことポルトガル人だと思っていた。彼らはシスレーやヨンキント〔十九世紀オランダの風景画家〕のような印象派画家から始めて、タンジール〔モロッコの港湾都市〕で絵が描かれると、その地にあったマデラの別荘で保管され、そこから二重底の旅行鞄でオーストラリアや南米に運び出されていた。その後は彼らの技量も上がり、仲買人、ブローカー、転売人が現れ、スペランザやドーソンみたいな奴らや、販売網全体、ときには一国を——たとえばニコラはユーゴスラヴィアを押さえていた——管理する売り場主任のような連中も出てきた。競売場、展覧会、骨董屋、美術館、編集室に、そういう連中が入り浸って、あらゆる専門誌を読んでいたんだ。単純な話だった。誰かが何かを探しにくると、たとえば十二世紀の聖母像、希少切手、クメール美術の頭像、バントゥー族の呪物、コロー、ドーミエ、などどんなものでも探しにくると、すぐにあらゆる国に配置された無数の山師やその配下、そのまた配下たちのひとりが、どこかの責任者に報告を送り、それがマデラに届けられた。注文成立だ。数日ないしひと月後、もっと大きな作品なら二カ月後、美術愛好家はまたとないチャンスを手にすることになった……」

「鑑定書はどうした？」

「あったとも。どこから調達したのか、あるいは偽造されたのか、どこかの鑑定家とぐるになっていたのか、そういうことはまったく分からなかった」

「君の絵についても？」

「僕の絵についても……」

「ジェロームがそういう注文を全部とってきたのかね？」

「そんなにたくさん注文があったわけじゃない……平均して月にひとつくらい。ふたつ来たらもうかる方を選んでいたよ……」

「それだけで組織全体を支えていたと？」

「そうは思わない。でもほとんどの販売員は他でも仕事をしていたんだ。とってきた注文ひとつにつき五万受け取っていたと思う。マデラだけから給料をもらっていたやつはごくわずかだったはずだよ」

「警察には何も見つからなかった？」

「僕の知る限りは何も……」

「でもマデラは自分の財産の出所をなんとかして説明する必要があっただろう？」

「そこをどう切り抜けたのか僕はまったく知らなかった。リュフュスは教えてくれなかったし……」

「リュフュスはいつ頃その世界に入ってきたのかね？」

「一九四〇年だ。彼は当時二十歳くらいで、ジュネーヴにある画廊を相続したばかりだったんだが、そこはジェロームとマデラが以前から隠れ家にしていた場所なんだよ。おそらく最初は、破産に瀕した画廊をマデラが買い取ったか、あるいは資金援助をしたんだろう。その後、隠れ家として使ったんだと思う」

「それから君が一九四三年に入ってきた」

「僕が修行を始めたのはその頃だ。実際に贋作者になったのは一九四七年だったが……」

「全部でいくつくらい贋作を作ることになった？」

「優に百は……百二十か百三十か……数えるのはすぐに止めてしまったよ……」

「作業はいつも面白かった？」

「妙なことを訊くもんだね……そうだな、いつも面白かった……」

「どうして妙なことだと？」

「何となく……だって君はその後のことを知っているわけだし……すぐに面白くなくなったなら、やめちまうこともできただろう……でもひとたび慣れてしまうと……習慣みたいなものになって……生き方の一部に、まったく自然なものになったんだ……息をしたり食べたりするのと同じように……分かるかい？」

「ああ、分かるよ……」

「裏切りや搾取だと分かったときでさえ、そんなのは僕にはささいなこと、無関係なことだった。というのも、僕は純然たる記憶のようなものに、生き返りに過ぎなかったのだから……」

「君は一度も描こうとはしなかった……つまり自分のために描こうとは……」

「ああ……一度も……〈傭兵隊長〉以外には……最後の最後に……」

「〈傭兵隊長〉に取りかかったとき、君には自分の行方が分かっていたのに、どうしてそう言わないんだね？」

「だってそんなに単純ではないんだよ。分かっていたともいなかったとも言える。望んでいたともいなかったとも……またもや同じ話だ……あらゆる方面から保護されて……僕が成功したのはそう望んだからだし、一度にすべてを取り戻しつつあり、状況を立て直しつつあったからだ。僕が失敗したのはあまりにも困難だったからで……もっとも、僕が望んだようなかたちで失敗したわけではないが……」

「なるほど……」

「分かるかい？　自分自身の肖像画には成功した……自分の顔は描き上げた……ドリアン・グレイの肖像を描こうとしていたのかもしれない、あれ以上のやり方はできなかっただろう……それだけだ。あの男はそのせいで死んだ。僕もそうだ……だが別の仕方で」

「贋作者としての死……」

「贋作者は死んだ、ガスパール万歳……そうとも……何年か後にはおそらく……何世代か後に、世界のあらゆる批評家によって真実が復元されたとき……それこそがもっとも辛く、もっとも驚くべきことだ……僕の人生は存在しないということが……僕は口にすることができないのだ、シエナの小聖母のことを。誰もがヤコポ・デッラ・クエルチャ〔ルネサンス期イタリアの彫刻家〕派の作だと思っているが、そうではないのだ……」

「生きるために自分の過去が必要だというわけか？」

「皆と同じだよ……」

「皆は君のように過去を破壊してはいない……」

「皆は僕と同じ過去を持っているわけじゃないから……」

「そう言いたかったんだよ……」

「おそらく君の言うとおりなんだ……結局僕は何を知っているんだろう……過去も歴史もなく……死んで甦って……ラザロ・ヴィンクレールってわけか？　だがだからといって何の役にも立たないし、どこへもたどり着かない……」

「これから君はどうするんだね？」

「分からない……贋作者はもう決してやらないだろう、それだけだ。自分自身が仕掛けた罠にはもう執着しないようにしたい。すべてをやり直して、自分を元気づけ励ましてくれたものを取り戻したい……よく分からないが……自己の最善を尽くす……といっても大したことじゃない……冷静でいること……自分と世界を知ろうとすること……」

「画家になるのかい？」

「やってみたいね……やらないだろうが……自分なりのテクニックや根気強さ、癖をどうするかで手一杯なんだ。自分なりの記憶や要領。何も分からないが……どうしてそんなことを知りたがるんだ？」

「君もいずれ生計を立てる必要が出てくるだろう……」

「おそらく……おかしなものだ……どうして僕は未来のことなど考えるのだろう。どうしてなんだ？　何の意味もないのに……意味があったためしのない言葉だ……僕は円環の上で堂々巡りをしていた……僕の一巡にも三百六十五日かかっていたはずだ……元日から大晦日まで、でまた繰り返す……ボッシュからリベラまで、フラゴナールからキリコまで……また繰り返す……身につけるために同じディテールを百回、千回と……うまく描くために同じディテールを百回、千回と……贋作者になるのは難しくない……だがすべて死んでしまった。本物と同時に死んでしまった。十二年の間に、十六年の間に、ニコラ、マデラ、オットー、リュフュス、ダンピエール、スプリト、ジュネーヴ、クシュタートが。一挙に死んでしまった。逃げ場と不安。橋は架けられそうもない。ミラとジュヌヴィエーヴ。忘れられた女たち。殺された女たち。やはり僕のせいで、同じ奮闘のさなかに……奇妙なものだ……こんなことに意味はない……こんなことに意味はなかった……一挙に崩れ去る十二年。剃刀を一振り、しゅっ……何も言わず、こんなふうに、一挙に……」

「本当に君が切りつける必要はあったんだろうか？」

「それはそうなんだが……でもやっぱり……剃刀を右手に僕は階段を登っていた……それだけなんだ……すると自分が奴の書斎にいることに気づいた。奴は仰向けに横たわっている。馬鹿みたいだった……すっかり途方に暮れて、自分に何が起きたのかも分からないように……僕が何を考えていたのかは分からない……過去の人生でも未来の人生でもなかった……ひどく息を切らしていたように思う……はっきりしないが……突然……そう、百万分の一秒の間、僕は途方もない幸福を、満足を感じた……奴は実に馬鹿げた様子できれいなじゅうたんの上に横たわり、血まみれになっていた……これまでずっとそうだったように、豚の一種のように、だらけたアザラシのように見えた……どう言えばいいのか……馬鹿なことや卑劣なことは口にしたくない……でたらめを言いたくはない……悪趣味に陥りたくはない……突然……あたかもすべての役割がひっくりかえり、僕は自然に振る舞ったかのようだった……あたかも人生で初めて自然に振る舞ったかのようだった……分かるかい？　あたかもすべてが変わりすべてが崩れつつあるかのようで、以前と変わらぬものはもはや何もなく、僕はもはや自己を見失い自分が理解できなくなりつつあるかのようだった……これ以上辻褄の合わない弁明をしたくはない……もう一度ごまかしをしたいとは思わない……僕の言いたいことが分かるだろう……あたかも〈傭兵隊長〉も我が固定観念や不安もろとも死んでしまったかのようだった……あたかも同時に我が隠れ家の最後の砦が崩れ、僕を支えてきた根拠も崩れつつあるかのようだった……おそらくそのことが僕には理解できなかったのだ……おそらくそのために突然僕は非常な幸福を感じたのだ……あたかも世界がひっくり返ろうとしているかのようだった。それはそうなのだが、もはや僕に降りかかってくることはなく、僕が瓦礫に埋もれるはずもなかった。あたかも数百年来ふさがっていた地平が突如姿を現したかのようで、あたかも僕は山の頂上にようやくたどり着いたかのようだった。そして夜明けに突然昇りくる朝日を見出すのだ……」

「そんな感じだったのかい、アルテンベルクは？」

「そうだ……でも僕の過ちは、事物が待ってくれると考えたことなんだ。そして都合のいいときにまた動きだす、と。過ちは、自分が贋作者になった日に世界が突然凝固したと考えたことだ。馬鹿げていた。クシュタートはアルテンベルクではなかった。ジュヌヴィエーヴは僕の電話に出なかった。そして、自分は成功するはずだと長いこと信じこんでいたものの、その望みは〈傭兵隊長〉とともに潰えた……世界は動いていた。自分は安全だと思っていたが、自らの鎧に息苦しくなり、象牙の塔のせいで孤立していた。僕にはそのことが分かっていなかった。奇妙な生き方だった。偽りに満ちあふれて。僕が望んでいたもの以上に偽りに満ちあふれて。自らの不実の中で偽りにまみれていたということ。分かるかい？　根無し草の寄る辺なき生活。博物館のカタログのごとく、抽象的に凝固した過去、世界そのものの過去より他にいかなる過去も持たず。卑小な世界。収容所。ゲットー。牢獄。偽造がもたらす一時的利益、贅沢……だが僕はそのために高すぎる支払いをしていたのだ……それは職業ではなく生業でも仕事でもなかった……心ならずも僕の人生そのものになってしまっていた。生きる意味に。屋号のようなものに。贋作者ガスパール・ヴィンクレール。我が定義。馬鹿げていて不毛で無駄だ。日に日に息苦しくなっていった生活。というのも僕は他のものを必要としていたから。そして、ますます強まる感情。誰も僕を助けられないし助けようともしていないという……ますます不安を呼ぶ確信。こうした不満や退屈など悪は自分の中にあるという確信、そしてリュフュス、ジェローム、マデラなどの他者によってこの状態に留め置かれているという確信……彼らは何もしてくれなかった。彼らは僕を縛りつけていた。僕は拒むことも嫌だと言うこともできず、やめようと思えばやめられるとすら言えなかった。完全なる隷属だった。もつれきった関係。ゴルディオスの結び目。それは何らかの行いや言葉によってほどけるものではなかった。色のタッチや絵の具や画布の具合によって解決するものではなかった。どうしようもなかったんだ、分かるだろう？　ここに留まるか、さもなくば逃げるしかなかった。だが逃げられなかった。もう時間が経ちすぎていた。遅すぎたのだ。あまりにも恐ろしかった。あまりにも若かった。あまりにも年老いていた。むちゃくちゃ言ってるな……僕は受け入れた。生活は耐え難くなったが、僕は知らなかったのだ、知りたくなかったのだ、物事が崩れつつあるということを、腐敗し沈みつつあるということを。僕はずっとその場にいた、平然と、目を閉ざして……すべてが突然爆発しなければならなかった。すべてが炸裂しなければ。そう、とうとう軍が蜂起して、僕も無気力から、お遊びから、惰眠から脱せねば。自らの仮面をはぎ取り、あの男に対して立ち上がらねば、気難しく恐ろしくなって、乱暴に荒れ狂って。反逆。革命。独立闘争。君が望むだろうことだ。戦闘……奴は死んだ。それで十分だ。奴は死んだ、結構なこと。たとえ負けたのは僕だとしても、たとえオットーに捕らえられたとしても、たとえ警察に引き渡されたとしても、たとえ有罪判決を下されたとしても、そんなことはどうでもいいんだ。僕は奴を殺さねばならなかった。あの血が流れ、部屋にあふれなければ、奴の死を喜ばねば、奴の死によって生きねばならなかった。僕はマデラを殺したが、そのことを誇りに思い、責任を引き受け、大声で触れまわる。叫ぶことだってあるだろう。奴を殺す必要があったのだ。もう何年も前から、奴は死なねばならなかった、とにかく是が非でも、不本意であっても、僕のおかげで、僕の能力を超えて、あの軛を、隷属を拒むことができなければならなかった。首を横に振らねば。否認しなければ。あの嫌な電話をとって、我が怒りを、絶望を、疲労を、確信をぶちまけねばならなかった。僕は臆病者のように何も言わず奴を殺した。笑うこともできなかった。大したことじゃない。僕には分かった、それで十分だ。そうとも、僕は虐げられる側で奴は虐げる側だった。僕は奴隷で奴は主人、僕は農奴で奴は領主だったのだ。すべては奴のおかげだった。奴が僕を扶養して、養っていたのだ。彼がいたからこそ生きていられたのだが、それでも立ち上がって奴を殺す力を得たのだ。奴を厄介払いする力を……奴に対抗する力を、奴に由来するすべて、援助、許し、金、食事、寛容に対抗する力を……奴はハゲワシのように僕につきまとっていたが、僕は首をひねって黙らせたわけだ……僕は奴に養われていたが、生きているとは言えなかった。自分自身の囚われの身だったが、奴の看守ぶりも度を超していた。奴は死に僕は勝った……十六年の間、僕の生活は夢だった。悪い夢だったのだ。奇妙な悪夢。これまでの歴史の中に僕は自分の顔を探し求め、それを見出した。奴は理解すべきだったのだ、死ぬ時が来たのだと。僕に電話をしてはならなかったのだ……僕は階段を上った、剃刀を手に、息を切らして、じりじりと、胸を高ぶらせつつ、半開きの戸を通って、奴の机までじゅうたんの上を滑るように進み、背後から赤らんだ猪首をにらむと、奴の額をつかんで後ろに引き倒した。この上ない成功。右腕が奴の方に伸び一息で切り裂いた……何年もの年月に累積した暴力、勢力の一切……とうとう勇気を示したのだ、そうとも、勇気を示して決着をつけたのだ。悔やむことなど何もない！」

〈傭兵隊長〉は永久に変わらない。泰然自若として、あからさまな完璧さで平伏させつつ、この男は裁き手の冷徹な目で世界を睥睨している。お前はこのまなざしに魅了されてしまったが、本来はこれを手なずけ、説明し、乗り越え、画板にピン留めしなければならなかったのだ。〈アントネルス・メッサネウス我ヲ描キツ〉。〈傭兵隊長〉には人間らしさがない。戦いも行動も知らない。ガラス板の背後で、赤いビロードリボンの背後で、この男はきっぱり生きることを止めたのだ。呼吸をしていない。苦しむこともない。何も知らずにいる。お前はこの男の域に達しようとした。到達することこそが重要なのだと当初は考えたのだ。だが、重要だったのはただ、彼のほうへ向かうこの運動、この単純な運動、前方に身を投げ出すこと、この意識の運動、意志、努力だけだった。お前自身の真実を追い求めて、お前自身の経験を、人生を追い求めて、十回、二十回、百回と、試行錯誤を繰り返し青息吐息でやり直す、そうした何年もの探求と創造を経て、お前が到達するはずのものはどこか他に存在していることだろう。世界の支配。世界の支配。ギルランダイオ、メムリンク、クラナッハ、シャルダン、プーサン。世界の支配。お前がその境地に達するのは精魂尽きはてるような行軍の果てでしかないだろう。まさにあの登攀パーティーが、一九三九年七月の夜明けに、ユングフラウの頂上付近で長いこと追い求めてきた眺望に到達したように。そして、山の反対斜面を照らしだし分水嶺を際立たせつつ昇る太陽を見て、突如疲れも吹き飛ぶ強烈な歓喜にひたされたように……

〈傭兵隊長〉は存在しない。だがアントネッロ・ダ・メッシーナと呼ばれる男は存在する。そして彼と同じくお前も世界へと向かい、秩序と一貫性を探し求めるだろう。真実と自由を探し求めるだろう。あの到達可能な彼岸に存在しているのだ、お前の時間と希望、お前の確信と経験、お前の覚醒と勝利が。

おそらく諸々の顔の中に人間の明白な必然を探し求めること。おそらく物体と風景の中に世界の明白な必然を探し求めること。おそらく事物と人間の中に、視線と運動の中に、勝利の明白な必然を探し求めること。おそらく。おそらく違うおそらくは。おそらく間違いない。間違いなく間違いない。世界の中心へと飛び込む。間違いなく。説明できないものの根源へと。説明できるあの根源へと。間違いなく。世界の不完全性へと。間違いなく。力を注いで構築すべき世界へと。

間違いなく。飛び込む。入り込む。間違いなく。時間と生のあの絶えざる奪回に向けて。あの直接の覚醒に向けて。あの咲きほこる感受性に向けて。飛び込む。間違いなく。飛び込む。あの生まれくる光に向けて。

パリ

ナヴァレンクス〔アキテーヌ地方ピレネー＝アトランティク県の町〕

ドゥリュイエ＝レ＝ベル＝フォンテーヌ〔ブルゴーニュ地方ヨンヌ県の町〕

一九五七〜一九六〇年

解説

クロード・ビュルジュラン

「『傭兵隊長』なんて、あんなもの読む奴など糞食らえだ。」

この読者あしらいはどうだ……ほんの一瞬だがきつい言い方がつい飛び出しており、こう反応せずにはいられなかったジョルジュ・ペレックの苦悩がうかがえる。一九六〇年十二月のこの時、原稿が没になりおおいに落胆していたのだ。

だが未来について、ペレックは悪し様に言わないようにしている。「少なくともさしあたりは、そのまま放っておく。十年後に書き直すとしよう、その頃には傑作になるかもしれない。あるいは、君の所有となった古いトランクから、熱心な注釈者が発掘して刊行してくれるのを、墓の中で待つとしようか。(1)」

ペレックはまたしてもまんまと成功したのだ。『傭兵隊長』は強烈で驚くべき初期作品であり、しかも「これ」がもとになっていくつもの傑作が生み出されてきた。それほどこの作品は来るべき大作の核を含んでいるのだ。ここに見られる数々のモチーフは後に再検討されて、『眠る男』や『人生使用法』のような、じつに多様な書物に力を与えている。

だがこの作品が刊行されたのは、ペレックの死後約三十年を経て、いかにも「古いトランクから」とでもいうように、思いがけなくタイプ原稿が発見されてからなのである。厄介な失錯行為と思われる出来事の後だ。一九六六年に引っ越した際、ペレックは「小さな強化紙製トランク」に初期作品をより分けておき、捨てるつもりの反故は別のトランクに入れたはずなのに、保存すべき書類まで捨ててしまったのだという……「これらのテクストを破棄しようとしたことは一度もないはずだ」とペレックは記している。「とりわけ、『不死身のガスパール』＝『傭兵隊長』の各ヴァージョンを捨てようと思ったことはない」。つまりジョルジュ・ペレックは一九八二年に亡くなったとき、『傭兵隊長』が失われたと思い、悔やんでいたのだ。なにしろこの作品は『Wあるいは子供の頃の思い出』で「最後まで書き上げることができた最初の作品[2]」と言われているのだから。

デイヴィッド・ベロスは、一九九〇年代初頭、ジョルジュ・ペレックの浩瀚な伝記[3]を執筆するため、作家の全友人知人に調査を試み、ともかくもこれらのテクストのいくつかについて数点の写しを見出した（うち二点はユーゴスラヴィアにて）。その中に『傭兵隊長』があったのだ。一点は元「ユマニテ」紙記者のアラン・ゲラン宅で見つかった。ペレックに返却していないタイプ原稿が、おそらく四半世紀前から自宅にあったことを、ゲランはごくおぼろげに覚えていたのだ。もう一点は「全線」〔ペレックが友人たちと企画していた雑誌の名〕時代の友人宅にあった。

『傭兵隊長』は私にとって興味津々たる読書体験となった。かつて「全線」時代に、私は幸運にもジョルジュ・ペレックの友人集団に加わっており、他の多くの友人たちとともに、この小説を読ませてもらっていたのだ。

一九六〇年にこの本を読んだ頃、私がまだ子供だったことは間違いなく、実際のところたいして理解できなかった。しかも私が読んだのは長いヴァージョンで、主人公のガスパール・ヴィンクレールは脱走するために、とてつもなく長い時間をかけて地下道を掘るのだが、その地下道は最終ヴァージョンからは姿を消すことになる。この物語はごちゃごちゃしていて残土であふれている、当時の私はそう思ったものだ。贋作の製造に行き詰まっての殺人など、なんだってこんな物語を書いたのか。この大混乱は、ペレックが主張している要請や小説についての考え方と、いかなる点で調和するのか。なんとも意表をつくこの物語を通して、彼はいったい何を言おうとしているのか。

私は奇妙な状態に陥っていて、おぼろげには見えているはずのものに気づかずにいたのだ。あの息づまるトンネル内の移動や、喉を切り裂く冒頭の場面に困惑していた。ジョルジュ・ペレックの暗い店〔夜に見た夢を記したペレックの本の題名。一九七三年刊。ここではペレックの無意識を指している〕に関わるものを私自身がより分けなければ、これらの場面から何が分かったというのか。だが、同時に感じていたのは、この本は紛れもない失敗作のようで、出版社側の拒絶にはなんの不思議もないということだった。

　五十年を経て私は『傭兵隊長』を読み直している。目の覚める思いをしながら。我々は今やジョルジュ・ペレックの作品を、幹からその枝まで、すべて知っているので、掘り起こされた根が、どこに潜りこんでおり、どう絡まっているかをかいま見るのは、じつに刺激的な経験となる。そこに見出される物語の素材は、未加工でありながら洗練されており不可解ながら啓発的でもある。良質の推理小説におけるように、読解の手がかりが現れ、形をなし、結末に達するのを目にして、探偵と同じ喜びが感じられるのだ。「目がたどる道筋はあらかじめ作品中にしつらえてあったのだ」というクレーの言葉をペレックは『人生 使用法』の巻頭句として引用している。目を見開いて見よ、見るのだ〔『人生使用法』の銘句としてヴェルヌ『ミシェル・ストロゴフ』（邦題『皇帝の密使』）から引かれた一節〕、読者よ、一九六〇年のテクストと一九七八年の「小説集」のあいだに「しつらえられた」手がかりを。そうすれば、パズルの全ピースが（もちろん幾多の策略がめぐらされてはいるものの）目の前で組み合わさることだろう。

まだエタンプの高校生だった十八歳の頃から、ジョルジュ・ペレックはすでに作家になりたいと望み、作家であると自覚している。確固たるこの決心に基づいて読む本を選び、文章を書きまくっている。作家？　正確に言えば、小説家だ。

ペレックは一見非常に多様な方面で小手調べを繰り返している。多少とも完成したといえる小説の計画を三つ取り上げてみよう。最初のものは『さまよえる人びと』（一九五五年。出版社に持ちこまれないまま今日では失われている。ペレック十九歳当時の作）、グアテマラの反乱で殺される「ジャズメン」たちの物語だ。成就した二つ目の計画である『サラエヴォ事件』は、かなり自伝的な小説で（こちらはタイプ原稿が見つかっている）[4]、ユーゴスラヴィア滞在（一九五七年）の後に書かれたものである。この小説はある編集者（ナドー）の査読を経た。出版は拒まれたものの、もっと文章を練って書きつづけなさい、との励ましを受けている。

最後のものは、規模、標題、内容が数年のうちに何度も変わることになる書物で、これが少しずつ姿を変え、やがて『傭兵隊長』になるのだ。最初のヴァージョン『夜』は、ジャック・ルドレール宛書簡において、「親子関係否認の書」と呼ばれている。「僕は〈息子〉であることにあまりにも苦しんできたので、最初の作品は、僕を生み出したもののすべての完全なる破壊となるほかないのだ（自己産出のための死刑執行という周知のテーマ）[5]」。ペレックはこの本を「過去の亡霊の精算」とみなすことで、『傭兵隊長』を読むための鍵をひとつ差し出している。とはいえ決して使い勝手のいい鍵ではないが。

『夜』は『ガスパール』になり、ついで『不死身のガスパール』となる。主人公はガスパール・ヴィンクレール。著者と同じくベルヴィル〔パリ二十区の下町〕の子供で、「贋作者の王、詐欺師の雄、二十世紀のアルセーヌ・リュパン」となることを夢みている。この『ガスパール』についてはわずかな断片しか残っていない。この小説は「極めて厳密な構想」にしたがう複雑な構成を持っていたようだ。「四部、十六章、六十四の〈準章〉、二百五十六節[6]」からなり、いくつかあるテーマは、デイヴィッド・ベロスによれば「互いに対立しつつひとつのまとまりを生み出す」はずだったという。「逆説と混沌、それを創り出すのは僕なのだ」とペレックは記し、この本の執筆中、幸福感を伴う強烈な高揚を経験している。「『ガスパール』は形になったかと思うと散り散りになり、また群れ集まって、新たな着想、感覚、感情、幻想が渦巻いている〔……〕すべてがすべての中にあるのだ[7]」。おそらくは、このように「すべてがすべての中にある」がゆえに、ジャック・ルドレール宛書簡でのペレックの言葉を追い、計画の進捗をたどろうとしても、明確な指導原理がつかみがたいのである。それほどにも計画は数カ月のあいだで変化しているようなのだ。野心的試みが過度に分散し、それらがあまりにも巧妙に組み合わされている点に、この本の難点があるようだ。「二心、揺れ動き、均衡、平穏、分裂、分点、絶頂、谷線、分水嶺、等々の概念（どの分野のものだか分かるだろう）が、目下我が努力の最善の導き手になっている[8]」。

とはいえ、最初の一文はすでに申し分ないものであって、以後のヴァージョンにも残ることになるだろう。「マデラは重かった。」

『ガスパール』の最初のヴァージョンは三百五十ページほどと比較的長く、スイユ社のリュック・エスタンに査読され不採用となる。ジョルジュ・ペレックは新しいヴァージョンの執筆を計画し、贋作者ガスパール・ヴィンクレールが偽ジョットの制作に失敗して警察から逃げる話を考える。この構造は『傭兵隊長』の構造と類似している。これ以後、「ひたすらひとつの意識が覚醒するだけの物語」にするという進路が定まるのだ。ガリマール社の極めて刺激的で創意に富む〈道〉叢書の監修者、ジョルジュ・ランブリックによって受理されるのは、『不死身のガスパール』と題されたこの計画である。こうしてジョルジュ・ペレックは一九五九年五月に七万五千フランの前払いを受け取ることになる。「もう作家になったも同然」とのゴーサインが出たようなものだ。

『不死身のガスパール』はかなり短い『傭兵隊長』へと変貌する。今日読みうる、タイプ原稿にして百五十七枚の一九六〇年版である。つまり、この本は少なからぬ紆余曲折の産物なのだ。『傭兵隊長』は出発点のように見えるかもしれないが、多くの点では到達点なのである。想像の赴くにまかせるか、それとも、野心的な試みとして、構造を練り上げ筋立ての焦点を自己に集中させるかで迷い、若き小説家は長いあいだ試行錯誤を重ねてきたのだ。これらばらばらの目標を合流させる方法が見出されたと思ったからこそ、小説家は『傭兵隊長』の成功を確信したのだろう。

この本は間違いなく勢いをもって書かれているが、何度となく中断することにもなった。中断の原因はあえて言えば、編集者たちの消極的な評価のせいで、何度も意気消沈したことだった。あなたが小説家になりうることは認めるが、持ち込まれた作品はいまだ天分を確信させるものではない、とまで言われたのだ。中断のさらなる原因は、一九五八年一月から一九五九年十二月までの兵役である。大半はポーのパラシュート連隊に配属され、執筆に適した状況でなかったにもかかわらず、ペレックはどうにか時間をつくりだし、ひとりでタイプライターに向かった。中断理由の最後のものは、雑誌「全線」[9]の創刊計画によって頭がいっぱいになったことだった。

ペレックはなんとしてもこの書物を書き上げたかった。乾坤一擲の賭けをする覚悟だったのだ。自らの選択を頑なに信じて、(弱冠)二十四歳にして作家を名乗り、他の仕方で社会に組み込まれるのを拒む男の目には、『傭兵隊長』が資格試験のように映っていたのである。それが出版される、つまり承認されるということは、自分の生涯の計画が受け入れられ、野心の正当性が認められるということだった。重大な賭けであった。

一九六〇年十一月。ジョルジュ・ペレックと妻ポーレットは数週間前からスファックス〔チュニジア第二の街。一九六〇～六一年、ペレックは妻とともに滞在した〕にいる(かろうじて『物の時代』に描かれたチュニジア滞在の年)。そして（ガリマールの）ランブリックから審判が下る。ペレックは友人のひとりに手紙でこう書いている。「『傭兵隊長』は没になった！ 今朝知った。手紙にはこう書かれてた。『興味深い主題が巧みに扱われていると思いますが、文体の欠陥や冗長な箇所が多すぎるせいでしょう、一人ならずの審査委員が反対しました。言葉遊びすらそうでした。たとえば、〈ティツィアーノの傑作一枚はリベラ二枚に勝る〉〔諺「明日の百より今日の五十」Un tiens vaut mieux que deux tu l'auras の構文を借りていることから〕のようなもの』。ザッツ・オール。どうしたものか？ まいったよ。書き直すか？ 他社に出すか？ こいつは忘れて他のことをやるか？[10]」

この計画とそこで賭けられたものに広く当てはまる言葉だ。形式への心底からの不満。だが、方向指示器が灯されることはなく、編集者と著者のあいだにはかすかな対話すらない。ガリマールのあきれるような取り澄ましと、揺るぎないペレック的言葉遊びの衝突。「欠陥と冗長、それはそうだ。肝に銘じよう。だがそれにしても……まったくがっかりだ。慰めてくれよ」。ジョルジュ・ペレックは『傭兵隊長』を「救命ブイ」とみなしていたので、その拒絶が引き起こしたのは落胆どころか存在の否定と言ってよかった。三年間の努力には確かにむらがあったものの、計画は姿を変えつつも休まず遂行されたのに、結局成果を生まなかったのだ。作家という職業にすべてを賭けていた男にとって、問われていたのはそのアイデンティティそのものだった。『傭兵隊長』の不採用（一九六〇年十一月）から『物の時代』が（ようやく成功して）出版される一九六五年までの四、五年は、ジョルジュ・ペレックにとってとりわけ困難な時期となった。ペレックは作家を自任してはいたが、年月が過ぎ去って、成熟の年齢となり才能がはっきりしても、何も起きなかった。救いようのない失敗であることがはっきりしてきたかのようだった。

ペレックはすでに自分の仕事場を構えており、同時に、この贋作絵画というテーマ群によって、自己の苦悩だけでなく芸術創造に関する独自の問題意識をも探求しうる、極めて特異な方法を考案しており、さらに、自己解放の道程を思い切って記し、また、彼の表現によれば「逝心分析〔ψanalyse〕の伝統とそっくり手を切る方法[11]」を見出して、自分なりの『方法序説[12]』を執筆していた。それだけに失敗は受け入れがたかった。船にはおそらくずっしりと荷が積まれていたことだろう。だが、積み荷の質は認められなかったのだ。

多くの点から見て『傭兵隊長』はもつれた毛糸玉のようなものだ。語りの糸は絡まり、ほどけ、見失われる。かくももつれた読みにくい本は初期の読者を当惑させた。だが、これら方々から伸びる糸も今日ではより分けられ、それぞれその後の全作品へと通じているのだ。

すべての出発点となるのはあの顔、一四七五年にアントネッロ・ダ・メッシーナによって描かれた外人傭兵の指揮官、〈傭兵隊長〉の「途方もなく精悍な」〔『眠る男』に出てくる表現。『W』第二一章でも引用される〕顔である。

この男はジョルジュ・ペレックにとって「中心人物」（『W』第二二章）となった。画家の名人芸《メトリーズ》によって「世界の支配《メトリーズ》」が表現されているからである。『Wあるいは子供の頃の思い出』のまるごと一ページがそうした結晶作用を喚起している。この人物のまわりには、以下のような一見ばらばらの幻想が集結していたようだ。芸術的理想（厳格なレアリスムの完成）の具象化、不屈の意志の模範的イメージ、ある人物像から別の人物像への転向、すなわち、恐ろしい人物原型（残酷な軍人、「兜をかぶったあの兵士の影に打ち克つことができた。そいつは二年間というもの毎晩僕の枕元に立ち、僕はそいつに気づくやいなや叫び声をあげたものだった」とペレックは一九五六年に記している(13)）から守護者のような穏やかな人物像への転向、個人の象徴、というより分身（〈傭兵隊長〉の「上唇の上にあるごく小さな傷跡」を、ペレックは自分の傷跡と同一視している。ヴィラール＝ド＝ランスの子供時代に喧嘩で生じて以来、ペレックはその傷跡を隠そうともせず、「目印(14)」となるがゆえに大切に思っていたのだった）。ルーヴルにあるこの絵がかくもペレックに訴えるのは、驚くべき凝縮がほどこされているからなのだ。

『傭兵隊長』のガスパール・ヴィンクレールが何カ月にもわたって身を捧げてきたのは、〈傭兵隊長〉の贋作、アントネッロの贋作を制作することである。ガスパールは贋作画家であり、すでに贋作者というアイデンティティがすっかり染みついてしまっていた。必須の修行をこなし、技法を自在に使いこなして、偽造の第一人者になっていた。だが、所詮彼は出資者アナトール・マデラの注文を実行しているに過ぎない。巻頭においてガスパールはマデラを殺す。そして、書物は大筋においてこの殺人の顛末を語ることになるのだが、ヴィンクレールがアントネッロの域に達し得なかったことが殺人理由のひとつとなるであろう。

絵画およびイメージ表象における偽造の問題は、ペレックの全作品を貫いている。『傭兵隊長』においてペレックはオランダの贋作者ファン・メーヘレン（一八八九〜一九四七）に何度も言及している。十七世紀オランダ絵画（ハルス、デ・ホーホ、とりわけフェルメール）の贋作を制作し、美術館や個人に売ったことで知られる人物である。それらの絵の一枚がゲーリングの手に渡ってしまった。戦後、国宝をナチスに売却したとして告発されると、ファン・メーヘレンは潔白を証明するために、刑事たちの目の前でフェルメールの贋作を描いて、自らの詐欺行為を自供しなければならなかった。

一九五五年の六月から七月にかけて、パリのグラン・パレで大規模な贋作展が開催された。ペレックはこれを観たのだろうか。いずれにせよ、『傭兵隊長』には、シエナのイチーリオ・フェデリーコ・ヨーニや彫刻家アルチェオ・ドッセナなど有名な贋作者の名が挙げられている。ペレックは昔日の制作技法（たとえば、かつて使われていた、石膏を原料とする地塗り塗料〈ジェッソ・ドゥーロ〉のことなど）についてもきちんと調べている。油絵の発明に関するジロティの本(15)

を読んだのだ。要するに、贋作者の物語に信憑性を与える方法を、ペレックはいくつも手にしていたのである。(16)

ファン・メーヘレンのような物語が興味深いのは、本物の創作者に関わるものだからである。この男は大胆にもフェルメールの宗教画（《エマオの晩餐》など）をまるごと作り出しさえした。ファン・メーヘレンやヨーニ、ドッセナは、単なる模倣者などではなく、各々のジャンルにおける真の創造者だったのだ。

「三枚のフェルメールから、ファン・メーヘレンは四枚目を作り上げたのだ」（『傭兵隊長』）。ペレックの想像世界の根源にあるジグソーパズルの技法は、ここから遠くない。「誰かの絵を三、四枚取り上げ、ほぼ全体からさまざまな要素を選び出し、よく混ぜ合わせ、ひとつのパズルを作り上げていたのだ」〔九九頁〕。一九六〇年版ガスパール・ヴィンクレールの悲劇はまさに、こうしてばらばらな要素を統一できなかった点にある。この男にも分かっているように、彼が描いた〈傭兵隊長〉が失敗したのは、ちぐはぐな断片からできていたせいなのだ。

この場合、借用は失敗しかもたらさなかった。だが、興味深いことに、ペレックの主要作品のいくつかにおいては、公表されているかどうかの違いはあるにせよ、徹底した剽窃が行われている。『眠る男』は、多くの点で生きる意欲の減退や抑鬱の体験報告として読まれがちだが、実はあらゆる種類の作家からの秘かな借用が散りばめられているのである。個人的であると同時に非個人的に書くという逆説がこれほど突き詰められたことはかつてほとんどなかった。そして『人生 使用法』は巨大なつぎはぎ作品である……『傭兵隊長』のガスパール・ヴィンクレールは作家ペレックの先駆者なのだ。

ファン・メーヘレンの弟子たる贋作者の身分は、このガスパール一号を苦境に陥れる。なぜなら出資者を殺さねばならないから。だが、ひとたびマデラやその同類から解放され、贋作が目標ではなく単なる手段になると、ペレックは、新たな自由、「新たな語彙」〔一二九頁〕を考え出すのだ。その箇所でペレックが述べているように、写し＝盗みをしたかに、しつこく、からかいつつ、あいまいに用いることによって。

「彼以前の贋作者が決してやろうとしなかったことに成功する、つまり、過去の傑作を真に創造するのである」。〔三五頁〕ルーヴルの絵に匹敵するほど完璧な〈傭兵隊長〉の顔を描くことで、ガスパール・ヴィンクレールは、ルネサンスの巨匠たちと肩を並べる偉業をなし遂げようとする。(17)この偉業を成就するために、ガスパールは純然たる力の具体像を再現しなければならない。法も規範も超越することで、芸術的に完成した姿と自信に満ちた権力者の姿をあわせもつ、あの軍人の具体像を。

芸術の伝統が残し得たもっとも完璧なものと対決することで、彼は芸術家としての自らのあり方を示そうとする。だが、そうしながら彼が見極めようとしているのは自分自身の顔なのである（「彼は意識していたのだろうか、またしても自分自身の姿を探し求めていたのだということを」〔四六頁〕）。美学的問題と直接実存に関わる問題がひとつに溶け合っている。「自分を見失わずに自分を知ろうと努めること」。精神分析体験を記した見事な文章、「策略の場[18]」において、ペレックは次のように自らの方法の目標を定めている。「たぶん僕に由来するだろう、僕のものだろう、僕のためだろうもの」が表現されうること。ガスパール・ヴィンクレールが自由を獲得して夢みるのは、「自分のものだろう、自分だけに由来するだろう、自分だけに関わるだろうもの」が生じることである。こうした自己解放の道のり、牢獄からの脱出を語る言葉は、精神分析の時に、「内密の場所」を通過した様子を語る際ペレックが用いた言葉と同じなのだ。

このときガスパールは、〈傭兵隊長〉の顔を描き直してきれいに映る鏡にするつもりが、結局、自らの苦悩を宿した（「卑劣で、鼠のような目をした」〔一四二頁〕）顔、新手のドリアン・グレイしか見出せない。

こうした自己探求の中心に据えられているのはひとつのイメージに過ぎない。自らの願望が見出されうるイメージである。その願望とは、力と確信を具象化することであり、芸術的野心を完璧に実現することである。新たなアントネッロとなるにはあの「やくざ者」〔三八頁〕の顔を自らのものとするほかないが、シチリアの画家はそれを「輝かしい顔」として描き得たのだった。

と同時に、この顔はだまし絵に過ぎず、おそらくは人に訴えかけつつ拒むような形象なのであって、それはちょうど『Wあるいは子供の頃の思い出』で子供が描くスポーツ選手の横顔と同じである。「自分なりの顔を描いたうえで〈傭兵隊長〉を手にしたかった」〔一四一頁〕。解決不能の矛盾。そしてガスパールにとって絵を描きあげるということは、「〔自分〕自身の感性を、眼力を、〔自分〕自身の謎と答えを」〔一四〇頁〕見出したということだったのだろう。完成したパズルとは死んだパズルなのだ。

『傭兵隊長』は解放の物語である。それはまた、『人生 使用法』に出てくるような復讐の物語でもある。一九七八年の小説におけるガスパール・ヴィンクレールは、パズルのピースを裁断する地味な職人なのだが、自らの注文主パーシヴァル・バートルブースにじわじわと確実に復讐するのである。X型のピースしかはまらないはずの場所に無理やりW型のピースを置かせることで、ショック死の原因を作り出すのだ。軽んぜられた奉仕者による、辱められた職人による復讐。仕事の完成が不毛の業（組み立てられたイメージの消去）にしか寄与しないと知ったがゆえに。

二つの物語の類似点は明白だ。『傭兵隊長』のガスパールが殺すのは、自分を贋作作りだけに縛りつける男である。自由になること、それは開くこと、覆いを取ることであり――剃刀で切り裂くことであり、壁に穴を開けることであり――行為で示すことである。カミュの『異邦人』における「不条理」で偶発的な殺人とは正反対だ。「最初の創造的行為」〔五七頁〕となったガスパールによる殺人、ペレックはその必然性を強調する。

デンマーク王子ハムレットが煮え切らずぐずぐずするばかりなのに対し、同じ立場のガスパールは果敢に行動し解放を実感している。マデラという登場人物に重なりうる威圧的人物像をあれこれ考えることもできよう（アナトール・Mとアントネッロ・ダ・Mの比較も必要になる）。さらに、冷静かつ横柄なバートルブースと自らの力と富を頼むあのマデラのあいだには、いくつもの共通点があることも確認されるだろう。

ガスパール・ヴィンクレールは何に対して復讐しているのだろうか。虚偽と仮面に、何にせよ偽りの表象に縛りつけられたことに対して。贋作者が苦しむのは嘘つきやペテン師であるからではなく、人生の表舞台から降りて、「ゾンビ」や「ファントマ」になってしまったことによるのだ。「生きるなんて言葉に意味はないんだ、贋作者である限り。死者たちと生きるってことなんだから。死者［……］になるということだ」（一二〇～一二一頁）。

解放をめぐるこの小説はかくして、隠遁をめぐる反小説として始まる。『眠る男』の先駆的作品だ。そもそもの始めから、ペレックが取りかかるのは閉塞状況を描く小説なのであり、閉ざされた門戸は保護してくれつつも（「僕は幾重にも護られて生きてきた。誰にも報告する必要はなかった」〔九一頁〕）耐えがたさをもたらすものでもあって、孤独な主人公は出口を探さねばならないのだ。ダンピエールの地下工房（『傭兵隊長』）からサン＝トノレ通りの小部屋（『眠る男』）

まで、さらにはシモン＝クリュベリエ通りの集合住宅（そしておそらくは「策略の場」における分析医の診察室）に至るまで、語りの葛藤や紛糾の場は閉じた空間なのである。母が死んだ場、精神を閉じ込める空間……来るべき外出の出発点となる、反芻と苦悶の場。牢獄から〈僕〉が脱出するのは（すでに『傭兵隊長』にも繰り返し登場する）〈お前〉のおかげでもある。自己と他者をつなぎ、呼びかける〈お前〉は、行動しようとする分だけ思い出し、距離を取り、距離を生む。

「無数の仮面をつけて死者たちの遺産に隠れて暮らす［……］だけ」（九二頁）。ペレックが死者の影響力と偽物の支配（「大文字のFの贋作者。大きな鎌を持って。死や時のように」（六三頁））を結びつけるやり方は『Wあるいは子供の頃の思い出』の読者にとって納得しやすい。ガスパール・ヴィンクレールが過去の隠遁や「根無し草の」、「自らの不実の中で偽りにまみれていた」（一七六頁）生活を思い出しつつ、まったく思いがけなく「収容所。ゲットー」[19]（一七六頁）とつぶやくとき、彼はジョルジュ・ペレック[20]に語らせているのではないか。このようにガスパールの復讐と解放の道のりはさまざまな根を持っており、多くの枝を交錯させているのである。

地下工房をめぐるこの小説によって我々はジョルジュ・ペレックの工房にも入り込むことになる。

物語の発想法の中に。この最初の作品はひとつの亀裂に基づいて構造化されている。破砕の、分断の形象（非形象）はペレックにとって非常に大きな意味をもっており、大多数の作品に見出されうるほどだ。空間（『さまざまな空間』）を感じたり考えたりできるのは、それが崩壊しかけてからである。巨大な「小説集」である『人生使用法』は「ナイト跳び」によって語られており、建物の上から下へ部屋から部屋へと跳びはね、物語から物語へとはね返ることになる。『Wあるいは子供の頃の思い出』は、見事に構成されているとも、いないとも言えるような、亀裂のシステムをめぐって組み立てられている。

『傭兵隊長』も断裂という原理を中心に構築されており、二つの異なる部分から成っている。前半部分は小説らしい語りと自分への語りかけ（〈お前〉）、および独白のあいだで揺れており、後半部分は尋問の体裁をとっていて、解放をもたらした殺人の顛末がガスパール・ヴィンクレールによって明らかにされる。行為（殺人）の小説に続いて謎解きの小説がくるということだろうか。それは単純すぎる対比だろう。いずれにせよ、あるエネルギーが、守られた秘密のもつオーラが、調子、時間、形式におけるこの断絶の原因となっているのだ。

「僕は考えるのではなく、自分なりの言葉を探すのだ」、ペレックは『考える／分類する』[21]においてこう述べている。ペレックが最初期からいかにして自らの言葉を見出し、抑揚のつけ方、節回しのリズムを見出したかを目の当たりにするのは感動的である。そもそも、『傭兵隊長』には、ているのだ。

『眠る男』や『人生 使用法』にほぼそのまま見つかることになる文章やイメージがちりばめられ

『傭兵隊長』は地下への幽閉という物語を潜り抜け、挫折を語ることを通じてようやく解放の物語となる。とはいえ、この本はひとつの予兆によって、それも山頂の空気の中で閉じられるのだ。ジョルジュ・ペレックはこの本が「覚醒の物語」として読まれることを望んでいた。孤独な神経症の、呪術的振舞の、贋作による短絡の終焉。忍耐の、労働の、自己をめぐる真実探求の、「絶えざる奪回」〔三六頁〕の、勇気が帯びる密かな形の、称賛。

世界の支配。ギルランダイオ、メムリンク、クラナッハ、シャルダン、プーサン。世界の支配。お前がその境地に達するのは精魂尽きはてるような行軍の果てでしかないだろう。まさにあの登攀パーティーが、一九三九年七月の夜明けに、ユングフラウの頂上付近で長いこと追い求めてきた眺望に到達したように。そして、山の反対斜面を照らしだし分水嶺を際立たせつつ昇る太陽を見て、突如疲れも吹き飛ぶ強烈な歓喜にひたされたように……

〔一八一頁〕

この結末は「叙事的」作品の理想と共鳴せんとしているが、これは「全線」が高級な物語文学の目標に据えていたものである。「全線」とはペレックが編集主幹となるはずだった雑誌なのだが、計画倒れになり、文学に関する理論や批評の文章は四散してしまった。[22] そうした論文のいくつかは、一九六〇年から一九六三年にかけて、フランソワ・マスペロの雑誌「パルチザン」に掲載された。ヘーゲル＝マルクスの思想を背景として、「全線」による「要請」は、『傭兵隊長』に見られる次のような語をめぐって具体化している。すなわち、「止揚」〔dépassement. ただし、本文中では文脈に応じて異なる訳語をあてている〕、「覚醒」、「獲得」、「整合性」、「探求」、「支配」、「一体性」など。北極星のごとく指針に定められた「叙事詩」とは、闘争、「意識の運動」、闘う知性によって、障害や矛盾を乗り越える方法のことなのだ。そしてまた、（分析的、批判的）「リアリズム」によって。この語は理論家ゲオルク・ルカーチ[23]が復活させたばかりだった。こうした点から見ると、ペレックの小説は、ガスパール・ヴィンクレールの個人的道のりと知的歩みを強調することによって、上記のような問題意識、あるいは理想の中に位置づけられることが分かる。

実際、若きペレックの野心は英雄的なものである。彼が自らの計画と並べようとするのは、ルネサンス絵画のもっとも優れた肖像画群なのだ。芸術が「一つの時代を乗り越えつつ同時に説明することで完璧に定義しえた、乗り越えるからこそ説明でき、説明するからこそ乗り越え」えた時代（『傭兵隊長』〔一六一～一六二頁〕）。自らの創造を乗り越えて「必然性を見出し」〔一〇四頁〕、自己と世界を一体化することによって。書くことに養分を与えられそうなのは疑うことのみである時代、不可能や欺瞞を言い立てることのみである時代が始まる頃、ジョルジュ・ペレックは文学がもっとも昔から抱いている野心へと立ち返っているのだ。

ジョルジュ・ペレックの生前に刊行された最後の小説『美術愛好家の陳列室』（一九七九年）には「一枚の絵画の物語」という副題がついている。その絵画《美術愛好家の陳列室》もまた「すべて」を語ることを目的としており、この場合は複製された絵を集めている。複製はこの絵画の構成原理そのものなのだが、誤りというしるしによってひそかにそれが示されているのだ。というのも、画家オットー・キュルツが目立たない変異を大々的に取り込んでいるからである。それでこの偽りの傑作は贋作と判明するのだ。このようにいくつもの同じテーマが、ペレックの創作を貫いて繰り返し現れるのである。

ペレックは二度にわたりレスター・K・ノヴァクなる男に語らせている。この絵を解説しているとみなせる批評家である。「どんな作品も他の何らかの作品を映す鏡になっている」とこの男はのたまう。「すべてとは言わぬまでも相当数の絵は、それが内部に含む過去の諸作品と関係づけられるときはじめて、真の意味が明らかになるのである。そうした過去の作品は、全体ないし一部分が複製されているだけかもしれないし、はるかにさりげなく埋め込まれているのかもしれない」。ノヴァクの結論によれば、このギャラリー画は「芸術の死の象徴であり、モデルを果てしなく反復するほかないこの世界の、鏡像的省察」だというわけで、かくして締めくくりの言葉は再び、憂愁、皮肉、嘲弄に言及しているのである。

ノヴァクは後に初期のこうしたアプローチに反駁している。キュルツの方法に見るべきなのはおそらく、絵画の黄金時代への揶揄でも郷愁でもなく、「何かを自らのうちに取り込み、独り占めしてゆく過程なのだ。つまり、〈他者〉に向かって自らを投影するとともに、プロメテウス的な意味において〈盗む〉ことでもある」。結論はこうだ。「それよりもこの絵に認めるべきは、画家の仕事を明確に特徴づける純粋な精神の働きが必然的に到達した帰結である。コレッジョの自負『俺だって画家だ《アンキーオ・ソン・ピットーレ》』とプーサンの理念『世界の見方を学ぶ』のあいだにはかない境界線がひかれ、こうして囲われた小さな領域であらゆる芸術創造がなされることになる[24]」。

衝動と皮肉のあいだで、矜持と卑屈のあいだで、無理と知りつつ本物となることを求め、小説家＝画家としての創意を喜々として発揮するというふうに、ペレックの全経歴を通じて同じ考えが精神の働きを揺り動かしているのである。『傭兵隊長』は、真実を述べようとする贋作小説であるが、失敗に関する、それもおそらくは語り方の失敗に関する小説でもある。『美術愛好家の陳列室』は、最終ページで崩れ去るトランプの城のように作られており、真偽のカテゴリーを弄びつつ、「それらしくみせかけるという、身震いするような喜びのためだけに、この話は考えられた」〔拙訳、一三三頁〕と述べる。最初の小説から最後の小説に向けて、悲劇が遊戯に移り変わっているのだ。あるいはむしろ、ペレックは悲劇と遊戯という二カテゴリーに動くための余地を与え、当初は動きがそろわなかった両者にダンスを踊らせているとも言えよう。

この解説を閉じるにあたり、以下の二つの見解を紹介しておく。

最初のものは、一九五九年十月十七日、ペレックが操るオティエール氏の名で出されている。彼らは再び小説の手直しに、何度も行われた手直しのひとつに取りかかったところだ。「もう地下は登場しないだろう。ガスパールは刑務所に入るが、無実を証明して助かろうとするだろう。うまくいくはずだ。どうやって？　それを知るには、パリの出版社ガニマールから出るオティエール氏の小説『傭兵隊長』を来年読むことだ。ちょ者はパリの文学界に華々しく返り咲き、魅惑的な物語と、確かな筆で描かれた（要するに、類いまれな巧みさで彫琢された）登場人物を提示するだろう[25]」。

オティエールの予言は半世紀ずれただけで、刊行元は「ガニマール」社ではなく「スイユ」社の〈二十一世紀の書店〉叢書となった。「魅惑的」という言葉は、このハムレット的物語を形容するとき最初に思い浮かぶものではない。だが、確かな、というのなら、筆致はまさにそうしたものであった……かつて「文体の欠陥」（反復や強調の仕方？）ないし「冗長な箇所」（過剰さの結果？）と判断されたところにさえ、確かに作家の姿があったのだ。

二つ目の見解は一九六一年の春に友人への手紙で示されている。「『傭兵隊長』は出版されないか、さもなくば、我がマルティノーの序文付きで死後に出版されるだろう。以上。まったく。なぜならまず出来が悪いから。それから、目下やり直しているから。僕が思うにもっと説得力のある、もっと完全な、もっと一貫した、もっと真剣な、もっと統合された、もっと突き詰めうる、強引さの少ないやり方で。少なくともこうしたすべてを望んではいるんだ[26]」。

ジョルジュ・ペレックがそう望んだのは正しかった。「目下のやり直し」がなされるまでにはさらに数年かかり、別の試み（『私は仮面をつけて前進する』、一九六一年、原稿は遺失）がガリマールに再び却下された後のことであった。だが、その後の作品群は示された方針を確かに実現している。

さらに、死後出版の『傭兵隊長』も、自らのマルティノーたる序文の書き手をここに見出した。ご存じのように、アンリ・マルティノー（一八八二～一九五八）は、スタンダールの忠実かつ周到な校訂者であり、クーロンジュ＝シュル＝ローティーズ（ドゥー＝セーヴル県）の詩人でもあった。

【註】

（1） 一九六〇年十二月四日付ジャック・ルドレール宛書簡（『親愛なる、いと親愛なる、立派で素敵な友よ……』、パリ、フラマリオン社、一九九七年、五七〇頁）。以下、『JL書簡』と略記する。
（2）『Wあるいは子供の頃の思い出』、一九七五年、第二一章〔酒詰治男訳、水声社、二〇一三年、一四九頁〕。
（3） デイヴィッド・ベロス、『ジョルジュ・ペレック、言葉に生きた生涯』、パリ、スイユ社、一九九四年〔酒詰治男訳、『ジョルジュ・ペレック伝　言葉に明け暮れた生涯』、水声社、二〇一三年〕。
（4） 現代出版史資料館（IMEC）所蔵。
（5）『JL書簡』、一九五八年六月七日付、二七七頁。
（6）『JL書簡』、一九五八年八月七日付、三三七頁。
（7）『JL書簡』、一九五八年六月二十五日付、二八二頁。
（8）『JL書簡』、一九五八年七月十一日付、三〇〇頁。
（9）「全線」についいては後出二〇九ページの注(22)を参照のこと。
（10）『ある友への五十六通の手紙』、クートラス、ブル・デュ・シエル出版、二〇一一年、九七頁。
（11）「『傭兵隊長』は完成された書物であって、それ〔イド〕によって僕は逝心分析の伝統とそっくり手を切り、それを克服することができるのだ」（一九五九年六月十日付、『ある友への五十六通の手紙』、一七頁）。
（12） デカルトは、『傭兵隊長』の銘句に引かれているが、ペレックにとってたいていの場合、あからさまにではなく暗黙のうちに参照される対象となった（錯覚や偽りの表象との闘い、知識の起源への徹底した立ち返り、〈方法〉の賞揚……などを参照せよ）。
（13） デイヴィッド・ベロスが引用している手紙。『ジョルジュ・ペレック、言葉に生きた生涯』、一七〇頁〔酒詰治男訳、一五六頁〕。

(14)『Wあるいは子供の頃の思い出』、一四二頁を参照せよ〔酒詰治男訳、水声社、二〇一三年、一四八頁〕。
(15)『ヤン・ファン・アイクの発見と中世から今日までの油絵の展開』(フルーリ、一九四一年)の著者アレクサンドル・ジロティの名に、ペレックは『傭兵隊長』で言及している。ヴァザーリからの(イタリア語による)二つの引用はこの著者によるものである。アントネッロ・ダ・メッシーナについてのヴァザーリによる言い伝えは(ジロティの七六〜八四頁に引用されており)、ペレックによって我々に伝えられているのだが、その伝によるとこの画家は油絵のさまざまな技法をファン・アイクのもとで修得したのだという。
(16) それなのにガスパール・ヴィンクレール個人およびその家族の物語はきわめて無造作に記されており、いかにも作り事めいている。
(17) ペレックはその後、途方もない偉業という挑戦に応じ続けるだろう(『煙滅』、『戻ってきた女たち』、『人生使用法』、『美術愛好家の陳列室』など)。
(18)『考える/分類する』、パリ、アシェット社、一九八五年、スイユ社、〈二十一世紀の書店〉叢書、二〇〇三(再版)、六五頁。
(19) ガスパール・ヴィンクレールについて本文で言及されているのは、戦争中スイスで亡命者の立場にあったということだけである。
(20)『傭兵隊長』で語られる物語が自分の世界に含まれていることを示すしるしを、ペレックはいくつも仕込んでいる。たとえば、一九五七年に滞在したユーゴスラヴィア(第二部の対話が行われているらしい場所)に関係するすべてのこと。あるいは、ダンピエール、シャトーヌフ、ドルーなどの地名。いずれも、ペレックの伯父夫妻が家を構えていたブレヴィのすぐ近くにあるウール゠エ゠ロアール県の町である。
(21) 同書、一七〇頁。
(22)「全線」については、『LG　六〇年代の冒険』(パリ、スイユ社、〈二十一世紀の書店〉叢書、一九九二年）とりわけその序文を参照せよ。「パルチザン」掲載の諸論文はこの本に収録されている。レネの映画『ヒロシマ・モナムール』についての論文は、一九六〇年五月に「ラ・ヌーヴェル・クリティック」誌に掲載され、『傭兵隊長』に二度見出される表現と同じく「絶えざる奪回」と題されていたが、この論文も本書に収録されている。

（23）『批判的リアリズムの現代的意義』は一九六〇年にガリマール社から翻訳出版されていた。

（24）『美術愛好家の陳列室』、パリ、バラン社、一九七九年。スイユ社、〈二十一世紀の書店〉叢書、一九九四年再版、一二三、一二六、五七頁〔塩塚秀一郎訳、水声社、二〇〇六年、三二、三七、八九～九〇頁〕。

（25）『ＪＬ書簡』、一九五九年十月十七日付、五二二～五二三頁。

（26）『ある友への五十六通の手紙』、一〇七頁。

訳者あとがき

『煙滅』（一九六九）、『人生 使用法』（一九七八）などの小説で知られるフランスの作家ジョルジュ・ペレック（一九三六〜一九八二）は、一九六五年に『物の時代』でデビューしている。第一作目にしてルノドー賞を授与されたこともあり、一見すると類い希なる才能が彗星のごとく登場し、順風満帆な経歴を歩み始めたかのようである。とはいえもちろん、ペレックにも模索の時期、修行期間があったのであり、いくつかの習作をものしていた。そのほとんどは現在失われておりタイトルや内容の概略しか分からないものの、一連の習作の最後に位置し、自伝的作品『Wあるいは子供の頃の思い出』では「最後まで書き上げることができた最初の作品」と言及される『傭兵隊長』（一九五七〜六〇年執筆）は、作家本人が本来の処女作と位置付けていた重要な小説である。原稿の遺失と再発見の経緯や、この作品の意義、読みどころなどについては、本文と併せて訳出したクロード・ビュルジュランによる解説が過不足なく説明している。ここではあえて屋上屋を重ねることはせず、後の作品との明白な共通点のみに着目しつつ、翻訳者としての感想をいくつか書き記すにとどめたい。

物語の大筋は以下のようなものである。主人公ガスパール・ヴィンクレールはいくつかのいきさつから絵画贋作の修行をし、それなりの成功をおさめている。あるときアントネッロ・ダ・メッシーナ《傭兵隊長》の贋作を描くことになるが、どうしても納得できる絵を描けず、ついには出資者アナトール・マデラを殺害してしまう……小説『傭兵隊長』は、冒頭でまずマデラ殺害直後の場面を描いた後、下男オットーに見つかり地下の工房に立てこもることになる経緯、そこからトンネルを掘って脱出するまでの過程を、過去の回想を交えつつ語っていく。ここまでが第一部である。ちなみに、二〇一二年に刊行された原書ではパート分けはなされていないものの、英訳者デイヴィッド・ベロスが参照しえた別のタイプ原稿にはこの区別があり、英訳もそれを採用している。日本語訳ではフランス語原典にないパート分けを採ってはいないが、本作の構造を理解するうえでは念頭においておくべき区分だろう。

第二部では対話形式と独白形式が交互に配置されている。年長の友人とおぼしきストレーテンなる人物との対話では、贋作者になった経緯やマデラ殺しの動機など、第一部の回想部分と重なる話題が、別の言葉で語り直されているとも言える。本作の原稿を査読したガリマール社の編集者は「冗長」と評したというが、確かに同じ事柄が少しずつ違う角度から何度も繰り返されることがままある。パトリツィア・モルテニによると、マデラ殺しの場面は、細部の変異を伴いつつ少なくとも五度繰り返されるという（「カイエ・ジョルジュ・ペレック」第六号、七六頁）。この反復のおかげで、第一部では曖昧模糊としていた状況や人物関係が、霧が晴れるように少しずつ明確になってくる。最初から俯瞰的にすべてが明快に提示されるのではなく、狭い視野の風景が重なり接続することで、初めてひとつの絵柄が浮かび上がるという書法は、もちろん意図的なものであって、若さゆえの「欠陥」などではないはずである。なお、第一部の内的独白においては「意識の流れ」の技法がしばしば用いられていることにも気づかされるが、『傭兵隊長』の執筆時期に友人のジャック・ルドレールと交わした書簡で、しばしば称賛とともにヴァージニア・ウルフの名に言及されていることから、その影響とみることも可能であろう。

『傭兵隊長』が分かりにくい印象を与える理由はもうひとつある。それは第一部に著しい人称の混乱である。同じガスパール・ヴィンクレールを指すのに、「私」、「お前」、「彼」という三つの人称が、切り替えの指標もきっかけもないまま、ころころと入れ替わるのだ。たとえば、「お前は私の首を人々に見せつけるだろう」〔二一三頁〕という一文など極め付けと言えよう。ガスパールが追っ手から逃れようとした挙げ句、ついに捕まるという夢想が語られているのだから、「お前」も「私」もガスパール本人を指しているのである。これもまた意識的な語りの実験であって、後の『眠る男』（一九六七）での「お前」による語りや、『人生 使用法』における語り手の資格を分有する登場人物（画家ヴァレーヌ）などをも彷彿させる試みと言えよう。

後の作品との関連といえば、「ガスパール・ヴィンクレール」という名は、ペレックの愛読者にとって親しいものであるから、幻の処女作に登場するこの名を背負った人物が何を明かしてくれるのか、期待は高まらずにいない。『Wあるいは子供の頃の思い出』の第一部虚構部分においては、行方不明になっている男の子の本名およびその子を探しに旅立つ徴兵忌避者の偽名として、『人生 使用法』では大富豪バートルブースのためにジグソーパズルを制作する職人の名として、「ガスパール・ヴィンクレール」の名が用いられている。これらを同一人物とみなすわけにはいかないものの、クロード・ビュルジュランは「ガスパール・ヴィンクレール」を名乗る者は皆「偽り」に関係していることを指摘している（『ジョルジュ・ペレック』、スイユ、一五一頁）。確かに、『傭兵隊長』のヴィンクレールが「贋作者」であるごとく、『W』の徴兵忌避者は「偽名」を名乗っているし、『人生 使用法』の職人は完成不能の「偽パズル」を制作して注文主に復讐している。だが、それだけにとどまらず、両者とも「アイデンティティ」と「復讐」という本作の別のテーマとそれぞれ繋がりをもっている点にも注目すべきであろう。『W』の徴兵忌避者は名を偽り人目を忍んで暮らしており、そうしたアイデンティティのあり方は、非ユダヤ人の振りをしてドイツ兵の目を欺く自伝部分の語り手の立場とも響き合っている。そしてまた、『W』という作品において、「ガスパール・ヴィンクレール」という本名をもつ少年の探索は、自伝話者のアイデンティティの探求とも併行しているのである。一方、『傭兵隊長』は、贋作者の仮面をかぶり続けた結果、仮面が顔に張り付いてしまった男の物語であり、アイデンティティ回復の、確立の物語であった。

ところで、『人生 使用法』において、パズル職人ヴィンクレールが雇い主バートルブースに対して企てる復讐も、『傭兵隊長』の復讐劇と対照されることによって、より輪郭が際立つのではなかろうか。どちらのヴィンクレールも卓越した技術を誇っているのに、金銭的報酬ゆえに縛りつけられているのは「似非芸術」というべきジャンルである。『傭兵隊長』の贋作者が出資者マデラのせいで自らの芸術的開花を阻まれていると感じるのに対し、パズル職人に芸術への志向があったのかははっきりしない。とはいえ、大富豪バートルブースは、二十年におよぶ職人の成果、五百セットのジグソーパズルをすべて消し去るという計画を抱いているのであり、創造者としてのプライドを傷つけられたとしても不思議はあるまい。いずれにせよ、『人生 使用法』においてヴァリエーションを伴って反復されるいくつかのテーマ、〈芸術と金銭〉、〈真の芸術と似非芸術〉、〈主人と奉仕者〉といったテーマが、すでに『傭兵隊長』にも出そろっていることには注目すべきであろう。

本作を後の作品群に結びつける第二の鍵は、標題にもなっている絵画、アントネッロ・ダ・メッシーナの《傭兵隊長》である。デイヴィッド・ベロスの伝記によれば、ペレックはこの肖像画の複製絵はがきをベッドの上に貼っていたというが（酒詰治男訳、『ジョルジュ・ペレック伝』、水声社、二二〇頁）、この絵の何がそれほど作家を魅了したのだろうか。本作第二部に含まれるアントネッロ論では、模倣を拒むほどの芸術的完成度、画家の絵画技量が称賛されているのに対して、その後、『眠る男』でこの絵が言及される際には、描かれた人物の「途方もなく精悍な」顔そのものに重点が置かれ、生きる意欲を失って街をさまよう主人公「お前」のアパシー状態と対比させられているようだ。『人生 使用法』第五二章に描かれるグレゴワール・シンプソンも「眠る男」と同種の無気力者であるが、彼の部屋に貼られているのも、「クアットロチェントの肖像画の複製、精悍で脂ぎった顔で上唇にごく小さな傷がある男の肖像」なのである。これら二作における《傭兵隊長》が「生のエネルギー」を体現するイメージであるとすると、自伝『Wあるいは子供の頃の思い出』で言及される際には、作家とより個人的に結ばれた、複雑な陰影のある肖像画として提示されている。そこでは、傭兵隊長の上唇にある傷と自らの口元の傷の類似を通して、語り手が絵のモデルとの同一化をはかっていることがうかがえる。戦死した父親は

『W』においてしばしば軍服姿で想起されていること、事実はどうあれ《傭兵隊長》のモデルが「軍人」とみなされていること、ささいな喧嘩によるとはいえペレックの傷は理不尽な「暴力」の爪痕であったこと、そうした事実を考え合わせるなら、絵のモデルとの同一化は、寄る辺なき孤児による「父親」への同一化であるとともに、「傷を負った軍人」に自らを重ねることを通じて、ユダヤ民族の運命を引き受ける行為であるとも解釈できるだろう。まさにペレックの「アイデンティティ」のあり方が、この一枚の肖像画によって方向づけられているのである。このような《傭兵隊長》の意義を踏まえれば、この絵を中心に展開する本作の重要性もおのずと理解されよう。

後の作品群の萌芽として最後に言及すべきは贋作のテーマであるが、これについてもビュルジュランの解説が見事に解きほぐしているので、付け加えるべきことはない。ビュルジュランが「最初の小説から最後の小説に向けて、悲劇が遊戯に移り変わっている」と述べているように、後年の作品に見られる贋作の主題と『傭兵隊長』におけるそれとは性格が異なっており、『美術愛好家の陳列室』（一九七九）や短編「冬の旅」（一九八〇）に見られる真偽の戯れやトリッキーな仕掛けを本作に期待していると、肩すかしを食うことになる。『美術愛好家の陳列室』や『人生 使用法』第二二章の聖杯詐欺話を〈贋作小説〉と呼ぶなら、『傭兵隊長』はむしろ、バルザックの『知られざる傑作』やゾラの『制作』のような〈芸術家小説〉とみなすべきであろう。贋作者による殺人が語られるにもかかわらず、本作には騙される快楽もなければ、謎解きの爽快さもない。ここでの眼目は、贋作のもつ騙す機能であるよりも、贋作を通じて語られる芸術創作のあり方なのだ。実際、『物の時代』から一貫する「非明示的引用」（剽窃）の技法や、パズルをエンブレムとするペレックの文学観を考えれば、贋作者に託して語られている技法はさまざまな思索を招かずにはいないだろう。「別種の言語を作りあげねばならなかったのだが、自由にやってよいわけでもなかった。文法や統辞法はすでに存在するのに、単語には何の意味もないという状態だったのだから」〔一二八～一二九頁〕。「いろんな作品からパーツを集めてくればいいのだ。首筋は〈ウィーンの男〉から、チュニックの締め方はホルバインの肖像画から、頭全体の形はメムリンクの肖像画からといったぐあい」〔一三二頁〕。後に「巨大なつぎはぎ作品」を成功させるペレック自身の営みと、袋小路から抜け出せなかった贋作者ガスパール・ヴィンクレールの企て、この二つの分岐点はどこにあるのだろうか。ガスパールの〈傭兵隊長〉は、なぜ、『人生使用法』のように「ばらばらな要素を統一」し得なかったのか。『傭兵隊長』という小説は、贋作者ペレックの営みに照らされてこそ、その真価を見せ始めるように思われる。

ペレックの未刊小説『傭兵隊長』については、デイヴィッド・ベロスの伝記で一章（第二二章）が割かれていることもあり、その存在や概略については愛読者のあいだで広く知られていたと言ってよい。二〇一二年に本書がスイユ社から刊行された際には訳者も渇を癒された思いがし、早速読み始めた。いかにもペレック的な人物である贋作者が主人公とあって、いやがうえにも期待は高まったが、一読しての感想は正直なところビュルジュランのそれと大差なかった。ペレックの傑作群をよく知る立場にある者が、小説家ペレックを一切知らなかった一九六〇年の青年と同じ反応しかできないとは情けないが、それも致し方ない事情があるのだ。本作は「断裂」（ビュルジュラン）をめぐって構築されており、そもそも何が起きているのか、何が主題なのか、誰が誰に語っているのか、など基本的な状況をつかむだけでもそれなりの集中を要するからである。その後、再読を重ねるたびに本書の味わいは増し、「強烈で驚くべき」作品であるにとどまらず、後年のペレック作品をよりよく理解するためにも、また、芸術創造の核心についての思索を深めるためにも、欠くべからざる問題作であると確信するに至っている。

最後に、翻訳上の難点について二、三触れておきたい。先にも述べたとおり、本書の第一部では、一人称、二人称、三人称が頻繁に入れ替わる（自由間接話法と解しうる場合もある）。初めのうちは混乱を招きかねないが、フランス語の読者も同じ条件で読んでいるわけだから、日本語に移し替えるにあたりと特段の配慮はしなかった。ただし、日本語としては主語を表記しないほうが自然な場合でも、主語の交替を明示するために、あえて「彼は」「お前は」などの主語を示した場合がある。そのためいわゆる翻訳調が鼻につくケースがあるかもしれない点はご容赦いただきたい。なお、最初は人称の交替にとまどったとしても、描かれている状況はごく単純なものなので、実際には「彼」や「お前」の指示対象を迷うことはなく、意外にすんなりと読み進められるはずである。

また、ぶつぶつと途切れがちな独特の文体にも苦労させられた(後の作品の中では『眠る男』の文体にやや近いかもしれない)。名詞のみ、副詞のみといった短文が多く、どう処理すべきか頭を悩ませたのである。原文の名詞には名詞を対応させるというような頑なな原則は立てなかったものの、すべてを主語述語があるあたりまえの日本語文に丸めてしまっても原文への裏切りになろう。原文の調子にふさわしい日本語を目指して、臨機応変に処置することを心がけた。

なお、本書の主人公「ガスパール・ヴィンクレール」Gaspard Winckler の名は、従来「ヴァンクレール」と表記されてきた。研究者による発音も揺れていたようだが、ペレック本人が「ヴィンクレール」と発音している音源(一九七八年のジャック・シャンセルとの対談)が残されていることから、本訳書でもこの読み方に従うことにした。

翻訳の底本には二〇一二年刊行の次の版を用いた。現在ではポケット版も出ている。Georges Perec, *Le Condottière*, Seuil (La Librairie du XXIe siècle), 2012. また、ドイツ語訳、イタリア語訳、スペイン語訳も適宜参照したが、とりわけ、デイヴィッド・ベロスによる英語訳（Translated by David Bellos, *Portrait of a Man*, Maclehose press, 2014）は踏み込んだ解釈を示しており有益だった。原文の不明箇所についてご教示いただいたディミトリ・イアンニさん、原文と訳文を丁寧に対照し原文のニュアンスについて有益な助言をしてくれたブロンデル・ジュリー・さくらさん（京都大学大学院人間・環境学研究科大学院生）、ルネサンス画家についてご教示いただいた岡田温司先生（京都大学人間・環境学研究科）、訳文を丁寧に検討してくれた妻の里香、企画から校正まで一切のお世話になった水声社の神社美江さんに、心からの感謝を捧げたい。

二〇一六年三月　京都にて

塩塚　秀一郎

著者／訳者について――

ジョルジュ・ペレック（Georges Perec）　一九三六年、パリに生まれ、一九八二年、同地に没した。小説家。一九六六年にレーモン・クノー率いる実験文学集団「ウリポ」に加わり、言語遊戯的作品の制作を行う。主な著書には、『煙滅』（一九六九年。水声社、二〇一〇年）、『さまざまな空間』（一九七四年。水声社、二〇〇三年）、『人生 使用法』（一九七八年。水声社、一九九二年）などがある。

塩塚秀一郎（しおつかしゅういちろう）　一九七〇年、福岡県に生まれる。東京大学大学院人文社会系研究科博士課程単位取得退学、パリ第三大学博士（文学）。現在、京都大学大学院人間・環境学研究科教授。専攻、フランス文学。主な著訳書に、『文学から環境を考える』（共著、勉誠出版、二〇一四年）、ジョルジュ・ペレック『煙滅』（水声社、二〇一〇年）、レーモン・クノー『リモンの子供たち』（水声社、二〇一二年）などがある。

装幀——宗利淳一

傭兵隊長

二〇一六年六月二〇日第一版第一刷印刷　二〇一六年六月三〇日第一版第一刷発行

著者――ジョルジュ・ペレック

訳者――塩塚秀一郎

発行者――鈴木宏

発行所――株式会社水声社

東京都文京区小石川二―一〇―一

郵便番号一一二―〇〇〇二

郵便振替〇〇一八〇―四―六五四一〇〇

電話〇三―三八一八―六〇四〇

FAX〇三―三八一八―二四三七

URL : http://www.suiseisha.net

印刷・製本――ディグ

ISBN978-4-8010-0189-3

＊　出版社（Éditions du Seuil）からの注記。本書の表題として、ジョルジュ・ペレックと同じく、フランス語式にアクセント記号のついたLe Condottière という綴りを採用しました。